国家出版基金项目
NATIONAL PUBLICATION FOUNDATION

漢代詞賦之發達

金秬香◎著

山西出版傳媒集團
山西人民出版社

圖書在版編目(CIP)數據

漢代詞賦之發達 / 金秬香著. -太原: 山西人民出版社, 2014.12
(近代名家散佚學術著作叢刊 / 許嘉璐主編)
ISBN 978-7-203-08757-1

Ⅰ. ①漢… Ⅱ. ①金… Ⅲ. ①漢賦-詩歌研究
Ⅳ. ①I207.22

中國版本圖書館CIP數據核字(2014)第234676號

漢代詞賦之發達

主　　編　許嘉璐
著　　者　金秬香
責任編輯　馮靈芝

出 版 者　山西出版傳媒集團·山西人民出版社
地　　址　太原市建設南路21號
郵　　編　030012
發行營銷　0351-4922220　4955996　4956039
　　　　　0351-4922127(傳真)　4956038(郵購)
E-mail　sxskcb@163.com　發行部
　　　　　sxskcb@126.com　總編室
網　　址　www.sxskcb.com

經 銷 者　山西出版傳媒集團·山西人民出版社
承 印 廠　山西出版傳媒集團·山西人民印刷有限責任公司

開　　本　700mm×970mm　1/16
印　　張　9.25
字　　數　83千字
印　　數　1—3000冊
版　　次　2014年12月　第1版
印　　次　2014年12月　第1次印刷
書　　號　ISBN 978-7-203-08757-1
定　　價　20.00圓

《近代名家散佚學術著作叢刊》編委會

出版説明

近代名家散佚學術著作叢刊選取一九四九年以後未再刊行之近代名家學術著作共一百二十册，編例如次：

一、本叢書遴選之著作在相關學術領域具有一定的代表性，在學術研究方向、方法上獨具特色。

二、爲避免重新排印時出錯，本叢書原本原貌影印出版。影印之底本皆經專家組審定，原書字體大小，排版格式均未做大的改變，原書之序言、附注皆予保留。

三、本叢書分爲八大類，以作者生卒年編次。

四、爲使叢書體例一致，本叢書前言後記均采用繁體字排版。

五、個别頁碼較少的版本，爲方便裝幀和閲讀，進行了合訂。

六、少數學術著作原書内容有個别破損之處，編者以不改變版本内容爲前提，部分進行修補，難以修復之處保留缺損原狀。

七、原版書中個别錯訛之處，皆照原樣影印，未做修改。

八、所選版本之抽印本頁碼標注，起始至所終頁碼均照原樣影印，未重新編排標注新頁碼。

由於叢書規模較大，不足之處，殷切期待方家指正。

總序/

披沙瀝金，以爲鏡鑒

◇許嘉璐

多年來有一個問題始終在我腦中盤桓：爲什麽在十九世紀末到二十世紀初，在短短的幾十年裏，中國的各個學術領域竟涌現了那麽多大師級的人物？這是中國近代史上一個極爲重要的現象，我認爲，如果不能給出令人滿意的答案，我們撰寫的近代學術史將是不完整的，甚至是缺乏靈魂的。後來我知道，著名人類學家克羅伯曾提出過一個問題：爲什麽天才成群地來？看來這種現象的出現並非中國所獨有，思考其所以然的也大有人在。而在那一次世紀之交中國的情況，似乎應驗了「天才成群地來」這個令克氏久久不解的疑問。錢學森先生曾從相反的方向提出了相同的疑問：爲什麽我們這個時代出現不了杰出人才？後來人們稱這個問題爲「錢學森之謎」。

要回答這些疑問不是件容易的事。與其迅速地囫圇地探尋，不如先多了解那些讓中國近代學術（應該包括人文科學和自然科學）史上閃耀着光輝的大師們的作品和自述，從而在腦海里盡量「復原」他們所處的環境和在那種環境下的心理路徑，從中或許可以得到一些啓示。

有一點是顯然的，這就是他們雖然都已遠離塵世而去，但是他們獨立思考的品性、求知治學的真誠、困厄窮愁中對節操的堅守，恐怕是他們共同的主觀因素，一直影響到現在，而且將會永遠留存下去。

就思想界、學術界而言，二十世紀上半葉是一個新説和舊説碰撞，中學和西學融匯的大時代。那時的學人極爲重視言行操守，同時具備現代知識分子的理想信念；他們的學術研究十分純凈，絶少功利因素；他們的視界開闊，以包容的心態和嚴謹的風格造就了成果的大氣與厚重。至於在客觀因素一面，他們實際是在用工業化時代的事實解説着太史公所説的名山之作「大抵聖賢發憤之所爲作」，困厄苦難使得他們「皆意有所鬱結」。這種鬱結，幾乎和個人的名利毫無牽涉，他們永遠不能釋懷的，是民族的存亡、國運的興衰、民衆的福禍和文脈的續斷。

那個時代也是近代歷史上最大規模的中西古今學術調適、創新的時期，學術方法上的交互滲透和融合、創新亦可謂「於斯爲盛」。斯時之學人是要在封閉的屋墻上鑿出窗子的勇士，是使人能够看看外部世界的第一批導夫先路者；或者可以説，他們是在「意有所鬱結」時「彷徨」和「吶喊」的「狂人」。

相對於那時的哲人們，後來者是幸運兒。現在的形勢是，近三十年來學界空前繁榮，衆多學科有了長足之進，其中很重要的一點是學界有了更新穎、更廣闊的國際視野，似乎接續上了百年前的學壇盛事。但細想想，「古」與「今」還是有差别的。其異，主要不在於世界情勢、學術進展、工具改善這些客觀存在，而在於在廣泛吸收各國優長的同時，自身文化的主體性越來越受到重視，換言之，「拿來主義」已經延長了「拿來」的程序，加上了試用、甄别、篩選、吸收、融合、成長。就我孤陋所見，在當今地球上，面向所有異質文明，努力汲取我之所缺，其範圍之大和心態之切，似乎無出中國之右者。從這個角度説，我們已經超越了前輩。但是事情還有另外一面，學術，特别是人文學科，其職業化、「沙龍化」和功利性，以及隨之而來的浮躁病却嚴重了。從這個角度説，是不是我們已經後退得够可以的了？而這是不是我們這個時代出不了大師的原因之一呢？

民國學術界的特點之一是極爲注重對傳統的反省、批判與繼承。他們對傳統文化盡最大的努力進行整理和研究。一方面，由於戰亂頻仍，民不聊生，學者們擔起了讓中華文化薪火相傳的歷史責任；另一方面，他們要通過對中國傳統文化的整理、挖掘來重振民族自信心。這一時期對傳統文化進行整理的全面而深入是前所未有的，舉凡文字學、語言學、經濟學、法學、哲學、政治制度、書法繪畫、金石學……規模之宏大，研究之精微，令人嘆爲觀止。

民國學術推動了現代學科體系的建立。在對傳統文化整理和研究的基礎上，吸收西方的文化思想和理念，推動和建立了中國現代學科體系。例如，在對語言文字和音韵學成果進行整理、研究的基礎上開始着手規範之，建立了國語學；深入研究書法、國畫，將其融入了現代美術學科；在廢除舊有學制後逐步建立起小、中、大學較完整的科目和學科體系。

民國學術也改變了傳統學術方式，建立了新的研究範式。以現代科學考古爲發端，科研的實踐和成果使中國知識界真正認識到在實驗、比較基礎上的邏輯分析對學術研究的重要，推進了中國學術的一大演變。至於我們常説的打破士大夫傳統、走出書齋到田野鄉村和市民中進行調查研究、結束了經學時代、以歷史眼光檢視儒學和諸子等等，都是確立新學術範式的努力。這一轉變，也標誌着中國學術界脱胎换骨，全面進入了現代，爲此後的學術發展奠定了堅實的基礎。當然，西方啓蒙運動以來，在「現代性」和「現代化」裏潛伏着的缺陷和謬誤也傳到了中國，這些不能不在前哲的著作裏留下痕迹。這並不奇怪。類似的情況，古往今來孰能免之？猶如今天的我們，誰敢自稱我之所見就是永恒的真理？在這個問題上兩個時代所異者，或許就在昔時大家創立新説或譯註西學著作，往往是懷着對學術和前哲的敬畏而爲之，故而常常誤不在我；當今則往往出於對學問和他人的輕蔑，或以所研究的對象爲謀己的工具，因而難辭主觀之咎吧。翻閲他們的心血之作，這些復雜的狀况可以顯見，可以視之爲我們的一面鏡子。

滄海桑田，世事變幻，歷史的動盪和時代的遮蔽，使當年許多大師的一些極有價值的學術著作被棄於故紙堆中，不能不令人有遺珠之憾。爲此，山西人民出版社不惜以數年之艱辛，披沙瀝金，編輯出版這套近代名家散佚學術著作叢刊，凡一百二十册，計文學、史學、政治與法律、美學與文藝理論、民族風俗、宗教與哲學、經濟、語言文獻共八大類别。所選皆爲作者之純學術著作，無論是其見解、精神，抑或是其時代烙印，都是後輩學人可資借鑒的寶貴財富。他們出版這套叢書，意在讓世人不忘來程，知篳路藍縷之不易，爲民族文化的傳承再增薪木。

出版社的初衷，與我近年來所思所慮近似，故願略述淺見於書端，以與策劃者、編輯者和讀者共勉。

二〇一四年七月六日

改定於自安東回京途中

前言／猛回頭，那支支紅燭

——二十三種民國文學研究著作概覽

◇梁歸智

「視爾夢夢，天胡此醉？於時處處，人亦有言！」

此聯乃北京宣南（宣武門外舊城區）北半截胡同四十一號中「莽蒼蒼齋」楹聯。齋主何人乎？即戊戌變法失敗而捐軀之「六君子」中翹楚譚嗣同字復生號壯飛者也。慈禧太后發動政變，逮捕維新黨人，友人勸譚嗣同逃避，他堅辭曰：「外國變法未有不流血者，中國變法流血請自嗣同始。」乃於一八九八年九月二十四日被捕，繼而遇害於菜市口。臨刑前仍大呼曰：「有心殺賊，無力回天；死得其所，快哉！快哉！」

自此而後，果然爲變法——改變社會制度而流血不止，一九一一年十月十日辛亥革命成功，中國歷史上最後一個封建王朝被推翻，一九一二年一月一日中華民國成立。然餘波未息，新瀾迭起，袁世凱竊國，張勛復辟，北洋軍閥混戰，國民黨軍北伐，中國共產黨成立，國共爭鋒，時而合作，時而破裂，日本入侵，八年抗戰，勝利後繼以三年內戰，終於以一九四九年十月一日建立中華人民共和國而告一大段落。

從一九一二年一月一日到一九四九年十月一日，凡三十八年，此即「民國」時段也。

三十八年過去，彈指一揮間。戰焰紛飛，生靈涂炭，歷史真是「相斫書」！而文明的燭火，點點簇簇，飄曳閃爍於如磐夜氣之中，雖遭暴風，遇疾雨，而終不熄不滅。其中最具象徵性的事件，乃一八九七年二月二十一日在上海成立之商務印書館，於一九三二年一月二十九日遭日本侵略軍針對性轟炸，占全國出版量百分之五十二的出版巨頭損失一千六百三十萬元，百分之八十以上資産被毁，其所屬東方圖書館同時被炸，四十五萬册圖書化作劫灰，其中有無數古籍善本、孤本！日軍侵滬司令鹽澤幸一狂吠：「炸毁閘北幾條街，一年半就可恢復，只有把商務印書館、東方圖書館這個中國最重要的文化機關焚毁了，牠則永遠不能恢復。」而劫難後的商務印書館，懸掛出「爲國難而犧牲，爲文化而奮鬥！」的巨幅標語，經半年即宣告復業，實現了「日出一書」的奇迹。

由於歷史演變的吊詭，民國時期的出版物，在一九四九年以後的中國大陸，大多數遭遇了被遺忘的命運，沉埋於少數圖書館的塵封角落。斗轉星移，時來運轉，二十一世紀進入了第二個十年，山西人民出版社推出這套叢書，遴選民國出版的若干學術精品，分學科編纂，蔚爲盛事大觀。此分卷是對中國文學（主要是古典文學）的研究，共二十三種。下面對這二十三種書籍作一個概覽性的介紹。

先看這些書的作者。生年不明者毋論外，出生最早的當屬韓柳文研究法的撰者林紓，他誕生於一八五二年（清文宗咸豐二年），卒於一九二四年（民國十三年——一九一二年爲中華民國元年）。出生最晚的是陶淵明批評的作者蕭望卿，誕生於一九一七年（民國六年）。這二十位作者中，一些是後來成爲大家的著名人物，林紓之外，有大學者徐珂、章太炎、陳寅恪、呂思勉、陸侃如、周貽白、趙景深，著名作家蕭乾等。此外的作者，則屬於有一定學術建樹或僅留下少量著述的文化人。

從作品看，這二十三種著作有某一種文學或某個人作品的分論，如詩經之女性的研究、曹子建詩的研究，也有某一長時段的文學史或文藝理論性質的概説，如清代詞學概論、中國戲劇小史。其中陸侃如三種，趙景深兩種；而陳寅恪和蕭望卿的兩種著作研究對象相同而又篇幅短小，合爲一册；陸侃如有兩種合爲一册。故，這裏一共有二十位作者的二十三種著述，却是二十一册文本。

分册介紹述評，是按照著作内容所關涉之中國文學史發展綫索的先後爲序？還是以研究者的情况或者書册的寫作出版先後爲序？却是一個頗讓人躊躇的問題。因爲近四十年的民國，正是中國社會從傳統向近現代激烈轉型的時段，不僅作者的思想認識，書册的觀點立場，而且連書寫的語言文風，都存在鮮明的古今遞嬗演變的痕迹。經考量，决定采取折衷的立場，即基本上按照文學史發展的脈絡綫索，先概説性著作，後專題性研究，同時顧及其他因素，將徐珂、林紓、章太炎的三種以文言文表述的著述放在最後予以推介月旦，也算是對橫跨清王朝與民國兩代之文化先驅者的致敬。

中國文學小史，作者趙景深，生於一九〇二年，卒於一九八五年，主要以元雜劇、宋元南戲和古典小説的輯佚考證而名世，代表性著作爲曲論初探、宋元戲曲本事、宋元南戲考略、中國小説叢考等。這本中國文學小史是他二十多歲時的作品，上海的大光書局出版，後再版重印，達二十次之多。他於一九三六年寫「十九版序」，這樣説道：「十年前，我跟隨着新文學浪漫運動的巨潮向前推動，當時我充滿了熱情和詩趣，喜歡説一點帶有情感的話，喜歡像做詩一樣的寫文章。……也許讀者們這樣的愛讀這本小書，使牠達到十九版，清華大學入學考試且曾指定此書爲唯一的參考書，大約都是爲了牠使人讀起來不至於十分頭痛吧？」

以西方的學科意識而撰述「中國文學史」，二十世紀以始，共有數百本。第一本中國文學史爲何人所寫？或曰英國人，或曰日本人，或曰俄國人。中國人自己最早撰寫的中國文學史，一般認爲乃林傳甲一九〇四年撰中國文學史，黄人（黄摩西）亦於同年撰同名之書。林著是在當年之京師大學堂即後來之北京大學撰成，黄著是在當年之東吳大學即後來之蘇州大學撰成，歷史演變的軌迹斑斑俱在。趙景深的這本「小史」，名副其實，牠篇幅很小，如作者自表，「我只是寫一本中國文學的常識；或者，我是在説一個故事」。其特色不在學術含量的全備高深，而在簡略概約，蜻蜓點水，却時見談言微中；同時文風清麗活潑，很適於普及。

中國文學小史凡三十五節，第一節「緒論」，第二節「詩經」，第三節「屈原宋玉」，第三十四節「清代的詩文」，第三十五節「最近的中國文學」。從詩經、楚辭始，司馬相如和司馬遷，曹氏父子，陶淵明與謝靈運，唐詩，宋詞，元曲，明清的小説、傳奇和詩文，面面俱到，而最後一節，更有聞一多、汪静之等的詩歌，郁達夫、魯迅等的小説，田漢、丁西林等的戲劇，周作人、朱自清等的散文等。

比起今日的文學史經典著作，此書自然不可能在材料的全備準確和學理的系統精深方面争勝，但其特色也頗堪注目，即那時還没有後來的一些教條框架，因而一些説法能讓人眼前一亮，細想也頗堪玩味。如論到李白和杜甫的同異，這樣對比：

李白：南方化、仙品、出世、浪漫、受道家影響、才、情、樂自然；

杜甫：北方化、聖品、入世、寫實、本儒教見地、學、性、泣時事。

與後來的經典化定位大同小異，而更加言簡意賅，同時還有一些生動的表述，如這樣談論李白：「我們也曾想像到一個眸子炯然，腰束玉帶，身穿宫錦袍，在采石磯邊狂歌於船頭的詩人麽？這便是天才豪放的李白。」後面對李杜的「優劣」也一語到位：「李白是樂天的，杜甫是悲觀的。」「他們兩人作風如此不同，當然我們不能分出優劣來。」比起一九四九年以後幾部文學史的某些教條化論述，以及郭沫若的李白與杜甫之立場偏頗，民國時期學人的思想自由客觀公允躍然紙上。

詩經之女性的研究，謝晉青著。此書曾作爲商務印書館「國學小叢書」、「萬有文庫」而數次出版重印。謝氏生於一八九三年，卒於一九二三年，乃日本留學生、南社社員，另有譯著西洋倫理學史（原作者日本人三浦藤作）。詩經之女性的研究共十節，其實就是對十五國風裏的女性題材特别是愛情婚戀詩歌的思想與藝術分析評價。其「緒論」説：「我這次是想在詩經中，發掘古代婦女問題的，並不是做考據底工作，在意義方面，我們總以詩底本義爲歸宿；那些不可靠的誤解，我們一概不取。在藝術方面，我們總以普遍而真摯的平民主義爲歸宿，那些不自然的附會穿鑿，我們也一概排斥。」「結論」則總結説：「詩經底十五國風，原來存詩一百六十篇，其中經我認爲有關婦女問題的，共計八十五篇。這八十五（篇）詩，若再依性質來區别，那就是：最多的爲戀愛問題詩，其次即爲描寫女性美和女性生活之詩，再其次就是婚姻問題和失戀問題底作品了。爲什麽戀愛問題底作品，占最大的數目呢？這就因爲兩性問題，是在人類生活上，占最重要的地位底證據。」

此書的許多具體分析賞鑒相當細緻，頗能體現民國以來西方推崇女性張揚人性思潮對古典文學研究的影響，一九四九年以後中國文學史中的相關評述，傾向立場，實承其緒。

有關楚辭的著作，共選有兩種：陸侃如屈原與宋玉、何天行楚辭作於漢代考。

陸侃如，生於一九〇三年，卒於一九七八年，是二十世紀五六十年代中國著名古典文學專家，他與夫人馮沅君合著之中國詩史是開創性的著作。此外撰有樂府古辭考、陸侃如古典文學論文集、中國文學史簡編、中國古典文學簡史，及與高亨合著楚辭選，與牟世金合著文心雕龍選譯、劉勰論創作、劉勰與文心雕龍等。屈原與宋玉是在他的處女作屈原、宋玉基礎上整合而成，却也算得上這一研究領域初具規模的「集大成」之作。書共六節：一、引論；二、屈原的生平；三、屈原的作品；四、宋玉的生平；五、宋玉的作品；六、餘論。最後列「參考書目」，自王逸楚辭章句、洪興祖楚辭補注、朱熹楚辭集注以下凡四十種。可以說，後來關於楚辭研究的許多重要問題都已經有所體現或涉及，算得上是此領域近現代研究的一册早期代表性著作。

楚辭作於漢代考的作者何天行生於一九一三年，卒於一九八六年，對浙江遠古文化——良渚文化的發掘考證有重要貢獻，出版有杭縣良渚鎮之石器與黑陶，是著名的考古學著作。楚辭作於漢代考受當時顧頡剛疑古學派的影響，論證楚辭各篇皆作於漢代，離騷的作者是淮南王劉安。這種觀點是楚辭研究中的一家之言，後來朱東潤也持相近觀點。楚辭作於漢代考的寫作曾受到蔡元培的鼓勵，完成於抗日戰争發生前夕，作爲一種歷史痕迹，於楚辭學的演變具有參考價值。

漢代詞賦之發達，商務印書館一九三五年出版，其作者金秬香，生平待考，他另有駢文概論一書，爲商務「萬有文庫」第一集中叢書，則金氏乃當時知名文化人無疑。漢代詞賦之發達共十章，對漢賦作了比較全面的考察研究，其第一章「辭字之解釋」辨析「辭」與「詞」字義語源的來龍去脈，認爲「楚辭漢賦」中「辭」應作「詞」，故全書行文，皆稱「詞賦」。其後各章，對「賦字之定義」、「詞賦之源流」、「詞賦之作用」、「詞賦之分析」、「漢代詞賦之所由盛」、「漢代詞賦之所由衰」、「漢代詞賦發達之原因」、「漢代詞賦之種類」、「漢代詞賦之變遷」分别討論，漢代重要詞賦作家作品多已涉及，全書行文爲淺近文言。由於詞句多古僻，深入研討漢賦者歷來不多，此書可視爲漢賦研究的早期圭臬。

陸侃如樂府古辭考，完成於一九二五年，商務印書館一九三〇年出版，堪稱是對漢樂府研究的開山之作。共八章，依次爲：一、引言；二、郊廟歌；三、燕郊歌；四、舞曲；五、鼓吹曲；六、横吹曲；七、相和歌；八、清商曲。序例有云：「樂府是中國文學史上很重要的材料。但是研究起來，較詩經楚辭爲難，因爲没有適當的參考書。……近來研究詩經楚辭的人很多，但很少有人研究樂府的。這本小册子的問世，便是希望能引起讀者對於樂府的興趣，大家來作湛深的研究，使樂府的真價值不致永久的湮没。」雖是「小册子」，而能於漢樂府爬梳史料，清理源流，辨析考鑒，確有開闢之功，後來的研究者，實受其惠。

此册還另有陸侃如的一篇論文左思練都考，北京大學出版部一九四八年出版，乃對西晉詩人左思撰寫三都賦搆思十年的傳統説法提出异議，認爲「事實上三都賦的搆思恐怕超過二十年」，引證古籍，分析辯駁，是一篇專門的考證文章。

原廣州師範學院院長陳一百，生於一九〇九年，卒於一九九三年，是一位教育家。其所著曹子建詩研究於一九四〇年由上海三通書局出版，一九七一年香港大地出版社再版。書分上下篇，上篇包括曹植傳略、曹子建集的傳本考略、曹植詩歌的情感、後世諸家對曹植的評論；下篇兩部分，分别是曹植詩選讀和曹植樂府選讀，文末附有清代學者丁晏的魏陳思王年譜。此書也算對曹植其人其詩的一種早期研究的痕迹，可供後來者借鑒參考。

陶淵明之思想與清談之關係、陶淵明批評二書篇幅不大，故合爲一册。前者爲陳寅恪的一篇論文，燕京大學哈佛燕京社一九四五年出版；後者爲蕭望卿著，開明書店一九四七年出版。陳寅恪生於一八九〇年，卒於一九六九年，是名震遐邇的文史大師，毋庸多介。蕭望卿生於一九一七年，卒於二〇〇六年，曾先後於西南聯大和清華大學深造，並與聞一多、朱自清、沈從文等大家交往密切，一九四九年後任教於河北師範學院中文系，述而不作，僅有此陶淵明批評傳世。

陶淵明之思想與清談之關係不愧名家名作，條理清明，言簡義豐，實爲後世研陶之先驅。文章首先追溯從漢末、魏到晉的「清談」之風，「然則當時諸人名教與自然主張之互異即是自身政治立場之不同，乃實際問題，非止玄想而已」。「略述淵明之前魏晉以來清談發展演變之歷程既竟，兹方論淵明之思想，蓋必如是，乃可認識其特殊之見解，與思想史上之地位也。」再討論陶淵明與佛教徒慧遠等頗有交往，而其思想不染佛風，乃因爲「蓋其平生保持陶氏世傳之天師道信仰，雖服膺儒術，而不歸命釋迦也」。同時，陶淵明「自以曾祖晉世宰輔，恥復屈身異代」，他的「自然」思想，「與當日實際政治有關，不僅是抽象玄理無疑也」。

最後論定陶淵明作爲思想家的崇高地位：「淵明之思想爲承襲魏晉清談演變之結果及依據其家世信仰道教之自然説而創改之新自然説。……不似舊自然説之養此有形之生命，或別學神仙，惟求融合精神於運化之中，即與大自然爲一體。……故淵明之爲人實外儒而内道，捨釋迦而宗天師者也。推其造詣所極，殆與千年後之道教採取禪宗學説以改進其教義者，頗有近似之處。然則就其舊義革新，『孤明先發』而論，實爲吾國中古時代之大思想家，豈僅文學品節居古今之第一流，爲世所共知者而已哉！」

陶淵明批評共三章：陶淵明歷史的影像、陶淵明四言詩歌論、陶淵明五言詩的藝術。這本書是文學史角度的陶淵明專論，與陳寅恪的思想論合而觀之，可謂陶淵明的「全影」，一九四九年後陶淵明研究的輪廓理路，其實皆在其籠罩之下。

此書前有朱自清的序，言短義豐，對陶淵明批評的價值貢獻，可謂已經説盡。陶淵明「詩最少，可是各家議論最紛紜。考證方面且不提，只説批評一面，歷代的意見也够歧異够有趣的。本書『歷史的影像』一章頗能扼要的指出這種演變。在這紛紜的議論之下，要自出心裁獨創一見是很難的。但這是一個重新估定價值的時代，對於一切傳統，我們要重新加以分析和綜合，用這時代的語言，重新表現出來。本書批評陶詩，用的正是現代的語言，一鱗一爪的，雖然不是全豹，表現着陶詩給予現代的我們的影像。這就與從前人不同了。」「本書二三章專論陶詩的作風和藝術，不厭其詳。從前人論陶詩，以爲『質直』『平淡』，就不從這方面鑽研進去。但『質直』『平淡』，也有個所以然，不該含胡了事。本書詳人所略，便是這方面的努力。」「陶淵明的創獲是在五言詩。本書説『到他手裏，才是更廣泛的將日常生活詩化』，又説他『用比較接近説話的語言』，是很得要領的。」「歷來評論者推崇他的五言詩，因而也推崇他的四言詩，那是有所蔽的偏見。本書論四言詩一章，大膽的打破了這個偏見，分别詳盡的評價各篇的詩。」

陶淵明之思想與清談之關係用文言行文，簡潔清雅；陶淵明批評則是生動活潑的白話文，没有一九四九年後的八股教條氣味。今天的人閱讀起來，也感到很親切的。

唐代文學史，陳子展著。陳氏生於一八九八年，卒於一九九〇年，一九三三年起一直任教於復旦大學，以詩經直解、楚辭直解名世。唐代文學史於一九四四年由作家書屋（姚蓬子在上海開的書店）出版，一九四七年重印，共八章，分别是：一、説到唐代文學；二、初唐詩人；三、盛唐詩人；四、中唐詩人；五、晚唐詩人；六、古文運動；七、唐人小説；八、晚唐五代詞人。對整個唐代文學，作了梳理概述，篇幅不長，内容全面，可以視爲後來中國文學史唐代文學部分的早期代表作。其中的説法，今天看來自然不新鮮，放在當年的時代背景下，則頗可稱道。如論李白與杜甫的優劣：

> 可見一個肯自命爲狂者，一個不諱言爲腐儒。一個抱超世主義，源於道家思想；一個抱淑世主義，源於儒家思想。一個幻想超昇仙境，一個不忍離開君國。總之，他們的作品都是他們自己生命純真的表白。
>
> 大抵李杜於詩的手法上，一個側重自然，一個側重雕飾。風格上一個豪放飄逸，一個沈（即「沉」）鬱頓挫。各有各的價值，各有各的生命。

商務印書館「國學小叢書」有顧彭年杜甫詩裏的非戰思想，一九二八年出版，一九三三年重印，據作者序言，書完稿於一九二五年。商務印書館「萬有文庫」中又有顧氏現代歐美市制大綱一書，一九三〇年出版。此外知道他從事過新體詩的翻譯與創作，其餘生卒年和生平等則概不清楚。杜甫詩裏的非戰思想共五章加一個附録：一、緒言；二、杜甫傳；三、杜甫的時代；四、杜甫以前及他同時代的反對戰爭的思想與作品；五、杜甫詩的非戰思想；附録：杜甫時代重要之戰爭與叛亂年表。

杜甫爲「詩聖」，杜詩乃「詩史」，歷來研究繁夥。此書以「非戰思想」爲中心主題，表現出明顯的時代印記。如作者自序中所云：「迨江浙戰爭發生後，作者對於戰爭的惡魔的面龐益認識清楚，這位大詩人的非戰作品，也就愈加湧現在我的腦際了，但因戰爭的驚擾，屢次遷徙，心如蝴蝶，如浮萍，飄蕩無定，不克專心於此，直到逼近年節，始把牠修改好，字數已比初稿增加了一倍以上。」今日之杜甫研究成果已經汗牛充棟，而此册小書，仍於讀者開卷有益，在於戰爭之兇惡痛苦，人類仍未能完全消弭避免。而此書感同身受的寫法，就不僅是一本研究著作的影響了。其緒言末段的感慨最能傳達不以時代變遷而更改的情愫：「我們所處的時代與杜甫的時代有不少的地方相類似；環境的艱險比他的有過之無不及；我們的兄弟，所流的血泪，所受的凌辱與壓迫與騷擾，比他的時代的人更甚；但當今能代表時代的作品有幾？能真切的表現自己所處的環境的佳制有幾？具有完整，聖潔，毅勇，偉大的人格而爲民衆呼吁的詩人安在？」

唐人詩中所見當時婦女生活，作家書屋一九四七年出版。作者劉開榮，一九三五年考入金陵女子文理學院中文系，一九四一年畢業，一九四三年完成此書。劉開榮後來又去燕京大學歷史系深造，在陳寅恪指導下完成唐代小説研究，一九四七年商務印書館出版，一九五〇年再版，一九五三年三版，臺灣亦曾三次重版。

唐人詩中所見當時婦女生活書前除作者自序外，尚有華西大學華西週刊主編陳國樺序、陳中凡序及華西大學英文系外教費爾樸序。陳國樺序末署「（民國）三十二年二月十二日序於華西大學」；陳中凡序末署「民國三十二年一月二十五日」、「成都華西壩廣益學舍」，費爾樸序末署「一九四三年春」、「於四川成都」，而劉開榮自序末署「（民國）三十二年一月二十二日於華西壩」，是則其時劉開榮與陳中凡俱任教於華西大學。書之正文共九章：一、引論；二、勞動婦女（上）；三、勞動婦女（下）；四、民間一般婦女的日常生活；五、民間一般婦女的精神生活；六、妓女生活；七、宮庭婦女及貴族婦女生活；八、女冠子生活；九、結論。

陳國樺序有云：「處在中國抗建（即抗戰與建設——引者）的現階段，如欲建設新中國，必須動員二萬萬多女同胞的力量，共同參與偉大的建設工作。著者劉開榮君寫成此書，實無异提出婦女解放的問題，請大家重新加以嚴肅的考慮，因爲唐代的婦女生活，又何異於現代的婦女生活呢？」

陳中凡序則說：「我以爲此文可以作爲唐代婦女史看。因爲我國古代史家專紀帝王名臣的史績，至今中國史書有帝王家譜之譏。社會上廣大群衆反被擯於史書領域以外，真是憾事。今讀此文，方知道史家所忽略的東西，詩人乃一唱三歎，反復申詠。只要後人加以探討，就可以把當日被壓迫的一般婦女實際情形，畢露無遺。」

費爾樸序（英文，劉開榮譯成漢語）贊美：「本書作者劉開榮女士，本人會詩，也善爲富有詩意的散文，可以説是給近代的文學寶庫添上了一幅生動的圖畫——一幅女人的美麗的夢景。『唐代的光榮』不但包括有金漆的畫棟和迴廊，光彩奪目的瓷器，以及吴道子的山水名畫，并且有琳琅滿目的辭林文苑，裏面活躍地呈現着宮庭裏莊嚴的婦女，也舞動着詩人們生花的筆尖。」

劉開榮的自序中則如是説：「本書的目的，不是要研究某一人某一事，而是要像一個攝影專家，把唐人詩中所反映的當時婦女生活的斷片，一一剪下來，拚在一起，使人一看便可得到一個個鳥瞰。所以凡能對當時的婦女生活，給一綫光明或一絲暗示的詩料，作者都不肯割捨。尤其關於佔有人精神生活一大部份的兩性間的言情談愛的記載，作者更要把它赤裸裸地呈現在讀者的面前，讓讀者進到他們的精神世界裏面去，不再襲用以往的成見，把君臣的關係拉扯上去，加以牽强附會的解釋了。」

可見這册書，無論作者與評者，都更注重其對「新婦女觀」的弘揚，而於唐代文學研究的價值反而在其次。劉開榮身爲女性，於有關女性的詩作更容易心有戚戚焉。這自然也受當日西學日漸張揚女權等社會情境、時代風氣和思潮的影響。今日的讀者，則更注重其學術層面的價值。如陳汝潔説：「有人説劉開榮的這本書實踐了陳寅恪先生的『以詩證史』的思想，我仔細讀了之後，覺得劉著與陳寅恪先生的元白詩箋證稿相比，還是差别較大的。陳著箋釋元白詩，往往證之以史籍，能使人明了詩中所寫何者爲史實何者爲虛構。在陳來説，『以詩證史』又何嘗不是『以史證詩』。而通過『以史證詩』所揭示出的元白詩中的今典，對讀者理解元白詩具有重要作用。以注釋來説，能注出今典比注明古典難度要大。寅恪先生在元白詩箋證稿中揭示了大量今典，因難能而可貴。而劉著在全書中很少涉及當時的史籍，所以讀後讓人覺得是她從全唐詩中分類披檢關乎婦女詩作，費了不少工夫而欠了一點功力，無法望陳著項背。但劉著是一部有趣的書，她把唐詩中關於婦女的詩作檢索、排比出來，讓人知道唐詩中的這一類。倘若她能夠進一步讓讀者知道詩中所寫的這些婦女生活，哪些合於唐代史實哪些是詩人虛構，那該多好！不過，從書名來看，她大約認定唐代詩歌中所寫即是當時社會中所有，真的嗎？我認爲這需要證明。」

清代婦女文學史，一九二七年二月中華書局初版，一九三二年十二月再版，共十七萬五千字。作者梁乙真，河北獲鹿人，生於一九〇〇年，一九二五年後就讀於上海南方大學，卒年及生平不詳。除清代婦女文學史外，尚著有中國文學史話、中國民族文學史、中國婦女文學史和元明散曲小史。

清代婦女文學史共列舉了漢、滿閨閣名媛、娼門、女冠、難女、乞丐女性作者三百餘人。內容目録爲：第一編明清兩朝婦女之極盛時期；第二編清代婦女文學之極盛時期（上）；第三編清代婦女文學之極盛時期（下）；第四編清代婦女文學之衰落時期；第五編清代婦女文學雜述。

書前有王蘊章序、王燦芝序和自序，書末附録清代婦女著作家表及人名索引。此書受謝無量中國婦女文學史啓發和影響，但後來居上。王蘊章和王燦芝都給予較高評價。當代女性文學研究者也頗加青目，評論其重視女性張揚女權的思想意義高於文學史意義。所謂二十世紀三部女性文學史梁乙真居其二。

宋代文學，吕思勉著。吕氏生於一八八四年，卒於一九五七年，是著名歷史學家，其中國通史、秦漢史、讀史札記等都是史學名著。這册宋代文學一九二九年由商務印書館出版，共六章，分别是：一、概説；二、宋代之古文；三、宋代之駢文；四、宋代之詩；五、宋代之詞曲；六、宋代之小説。

此書行文用淺近文言，梳理宋代各體文學的代表作家、演變發展脈絡相當全面，可視爲宋代文學史的早期代表作。其觀點議論，具有二十世紀早期的清明樸實，非如後來受各種所謂「範式」拘限者。如論三蘇之文：蘇洵「筆力堅勁，自以老泉爲最。然老泉好縱横家言，恒以權譎自喜，而其言實不可用。故其議論，多有不中理者」。蘇軾「則見解較老泉爲高。雖亦不脱縱横之習，然絶去作用處，時或近於道家。非如老泉一味以權術自矜也。尤妙在能以明顯之筆達之。晚年文字，則心手相忘，獨立千載」。蘇轍「氣象不如其父兄之雄奇；才思横溢，亦非乃兄之敵。然議論在三家中最爲平正，文亦較有夷然澹蕩之致，則亦非父兄所能也」。宋代文學專設駢文一章，也是後來的文學史一般所忽略的。

中國詞史大綱，胡雲翼著。胡氏生於一九〇六年，卒於一九六五年，曾於中學、大學任教，後爲上海中華書局、商務印書館編輯，於唐宋詩詞研究深湛，有宋詞研究、宋詩研究、宋詞選、唐詩研究等著作行世，影響頗大。中國詞史大綱，北新書局（創立於北京，後遷上海）一九三五年出版。此書分兩編，第一編爲「唐五代詞」，共九章，第二編爲「北宋詞」，共十四章，共録詞人凡五十七家。

此書爲近代意義上對詞這一形式溯波追源之較早學術著作，也可以説是研究宋詞的早期經典。其論詞與詩之區别云：「長短句的歌詞在文人的社會裏確立以後，牠的發展漸漸地把不甚協樂的律絶詩壓倒了。我們看樂曲裏面的長命女、烏夜啼、漁夫詞、長相思、江南春、步虚詞、鳳歸雲、離别難、金縷曲、水調歌、白苧等調，最初都是用五七言絶句歌詞，後來都改用長短句的歌詞了。中唐詩人還有寫律絶詩給樂工伶妓們去唱，到晚唐竟失掉歌詩之法，只有長短句的歌詞了。這不顯明的是：長短句的歌詞藉着在音樂上的便利，把整整的歌詩打倒了嗎？」詞的興盛在音樂這一歷史的核心問題，如此明白曉暢地揭示了出來。

詞的歷史分期，此後的文學史，都以中國詞史大綱的説法爲準，如北宋詞的演變：「歷史的發展，則可分爲四個時期：第一個時期是小詞的時期，以晏殊、歐陽修、晏幾道諸人爲主幹；第二個時期是慢詞的時期，以柳永、秦觀諸人爲主幹；第三個時期是詩人的詞的時期，以蘇軾、黄庭堅諸人爲主幹；第四個時期是樂府詞復興的時期，以周邦彦、李清照諸人爲主幹。」與後來的文學史相較，中國詞史大綱没有「婉約派」「局限於個人趣味」，「豪放派」「關注國家社會」「積極入世」一類意識形態評論語言，更顯學術性的單純。

趙景深著宋元戲文本事，北新書局一九三四年出版，但其完成於一九二三年六月。這是對宋元南戲研究的筆路藍縷之作，其開闢之功永耀史册。作者在自序中説：「這一本小書的目的是想把已佚的宋元戲文輯録出來，作爲研讀中國文學的一個參考；爲了恐怕專載佚文太枯燥，斷簡殘篇湊在一起也令人有丈二金剛之感，於是也附一點本事，把殘文貫串起來，使得讀者看這一本書不像是摹（即『摩』）挲古董，而像是在讀幾篇很有趣味的短篇小說。」

書共九章，輯自南九宮譜、新編南九宮詞、雍熙樂府、九宮大成南北詞宮譜，內容包括：一、王焕和王魁；二、陳巡檢梅嶺失妻；三、四種戀愛戲文；四、王祥卧冰；五、黄周兩孝子；六、江流和尚；七、僅存三五曲的元代戲文；八、僅存兩曲的元代戲文；九、僅存一曲的元代戲文。

中國戲劇小史，周貽白著。周氏生於一九〇〇年，卒於一九七七年，是著名中國戲曲史家和中國戲曲理論家，還曾經創作並演出話劇作品三十部上下。他首先提出並詳細論證中國戲曲的三大聲腔源流——崑曲、弋陽腔和梆子腔，厥功甚偉。他於一九三六年出版中國戲劇史略和中國劇場史（商務印書館），中國戲劇小史乃在前二書基礎上再加補充修訂，於一九四六年由上海的永祥印書館印出。後來又出版中國戲劇史（一九五三）、中國戲劇史講座（一九五八）、中國戲劇史長編（一九六〇），以及遺著中國戲劇發展史綱要（一九七九），都是以中國戲劇小史爲基礎的。

中國戲劇小史共八章：一、中國戲劇的形成；二、唐宋的戲劇；三、南戲與北劇；四、明代戲劇的概況；五、崑曲與亂彈；六、皮黄劇的勃興；七、文明戲與話劇；八、中國戲劇前途的展望。今天的讀者，要了解中國戲劇發展的歷史，當然有後來居上者的書可讀，但前驅者的貢獻也是不容抹殺的。中國戲劇小史的意義就在這裏。

中國小說的起源及其演變，正中書局（陳果夫一九三一年創立於南京）一九三四年出版，作者胡懷琛。胡氏生於一八八六年，卒於一九三八年，一九三二年被聘爲上海市通志館編纂。他搜集整理一批上海地方史志珍貴資料，卓有貢獻。其藏書以詩文集和課本爲特色，如三字經、百家姓、千字文、千家詩等，收集齊全，劉鶚稱其爲「三百千千」。收集外文書籍和少數民族作者的漢文詩集一千餘種，可惜其藏書在抗戰時多半被日寇炸毀。一九四〇年，其子胡道靜將殘餘之書捐獻給了震旦大學。

中國小說的起源及其演變共六章：一、本書說到的範圍；二、小說的起源及小說二字在中國文學上的涵義之變遷；三、中國小說「形」的方面的演變；四、中國小說「質」的方面的演變；五、現代小說；六、研究中國小說參考的書目。第一章開宗明義：「本書所講的，只有兩件事情如下：（一）是中國小說的起源，與小說二字涵義的變遷。（二）是中國小說的演變，並現代小說的標準。」

研究小說者歷來推崇魯迅的中國小說史略和胡適的中國章回小說考證，那自然是開山的典範之作。其後錢靜芳小說叢考、蔣瑞藻小說考證等也都功力深湛，卓然有成。本書算得上是一册史論相結合的小說研究著作，在中國小說研究的歷史進程中，雖然不如上述幾種著作那麼經典，却也有其歷史的價值和意義，從「可讀性」來說，則更占優勢。如此書說到中國小說的歷史變化，通俗易懂而能切中肯綮：「由古代的傳說在口上，演變成寫在紙上，這是一變。宋代的說話勃興，這是第二變。宋人的話本，由說給人家聽的，變爲直接給人家看的，這是第三變。紅樓夢、儒林外史等，只是寫的，不是說的，這是第四變。然而『說』和『寫』，仍是同時候存在的，決不是變成後者，前者就消滅了。只不過互有盛衰而已。」

此外說到的一些情況，也頗能讓我們對於歷史的演變，有一種親切的感知。如：「在民國前一二年，有周作人譯的域外小說集，是用文言譯西洋的短篇小說。不過是大失敗了。這失敗並非域外小說集自身不高明，只是和那時候的讀者程度相差太遠。第一不歡喜讀這種無頭無尾的短篇小說，第二不歡喜讀平淡無奇的故事，第三不歡喜這種比較生硬而樸質的文言。結果，這部書當時幾乎没有人知道。」

書評研究，商務印書館一九三五年出版。作者蕭乾生於一九一〇年，卒於一九九九年，是著名翻譯家、作家、富有傳奇色彩的二戰記者，畢業於燕京大學新聞系，後去英國劍橋大學任教並讀碩士學位，一九四三年領取了隨軍記者證，正式成爲大公報的駐外記者，也是二戰時期歐洲戰場的唯一中國記者，一九九五年中國作家協會授予其「抗戰勝利者作家紀念碑」榮譽。三百二十萬字的蕭乾文集包括小説、散文、特寫、回憶録等，譯作莎士比亞戲劇故事集、好兵帥克以及與夫人文潔若合譯的尤利西斯等更是影響巨大久遠。

隨着近現代出版業的發展，書評也逐漸增多，但對這種新型的文學批評樣式作正式的研究，書評研究可以説是拓荒之作。書共八章：一、序論；二、書評家；三、閱讀的藝術；四、批評的基準；五、批評的藝術；六、書評的寫作；七、書評與讀書界；八、附録。此書的核心思想是，書評是有益於社會的嚴肅工作，書評家是具有特殊身份的知識者，代表讀者的鑒定者，文化生産的監督人，而不是庸俗、獻媚的商業廣告商。如：「一切批評都必須基於清澄的理解。批評的公允實即理解深澈的反映。」「書評家寧可改業廣告，永不可用批評的地位作兜售的營生。」「對讀者他服務，却也不侍奉如奴隸。他把讀者看成智力的平等者。他並不武斷地强迫讀者接受他的意見，也不賣弄學問如一塾師。讀者的好惡是受風氣支配的，但他不追隨那風氣，他不固執，却有信仰。」無疑，即使在今天，書評研究仍然有牠的現實針對性和意義。

清代詞學概論，上海大東書局一九二六年出版。其作者徐珂生於一八六九年，卒於一九二八年，爲光緒舉人，袁世凱天津小站練兵時的幕僚，一九〇一年任上海外交報、東方雜誌編輯，後爲商務印書館編輯，其所編纂的清稗類鈔是享譽學林的文史巨著。

清代詞學概論共七章：一、總論；二、派别；三、選本；四、評語；五、詞譜；六、詞韵；七、詞話。作者雖入民國，而其傳統文化教養的底色，濃郁深厚，迥非後來人可比。故此書行文，爲優美洗練的文言，而其對清詞演變脈絡的勾勒，代表性詞人的品評，乃至資料的選録等，都有「個中人」的真知灼見，可謂言簡意賅，高屋建瓴，非後來研究者搬弄西洋「範式」敷衍成文者可及。無疑，此書可列入「學術經典」的行列，不像本選集大多數作品具「過渡轉型」之身份色彩也。

如清代詞學概論評騭「清初之詞」的代表作家，「最著者」爲朱彝尊、陳維崧，「兩人並世齊名」，而前者「情深，所作詞高秀超詣，綿密精美，其蔽爲餖飣」；後者「筆重，所作詞天才艷發，辭鋒橫溢，其蔽爲粗率」；「繼之而起名重一時者，實惟納蘭容若。門第才華，直越北宋之晏小山而上之，其詞纏綿婉約，能極其致，南唐墜緒，絶而復續」。再如説清詞之派別：「有清一代之詞，有二大別：一浙派，一常州派，亦猶散體文之有桐城陽湖二派也。」這些基本的定位，都成了後來各種文學史、清詞史祖述的圭臬。再如書中説到「才人之詞」、「學人之詞」、「詞人之詞」的三分法，也直搗黄龍，揭示本質，對後世影響深遠。

韓柳文研究法著者林紓生於一八五二年，卒於一九二四年，堪稱是一位清末民初的文化奇人。他是桐城派散文的殿軍，一點不懂西洋語言文字，僅憑聽人口述，把一百八十多種西方小説翻譯成漢語，成爲向古老中國介紹西方文學的開山人。「林譯小説」，曾經是好幾代人的最愛，用文言表述的漢譯西方小説，成了中西文化交流史上一道奇异的瑰彩。

韓柳文研究法亦是文言文著作，對韓愈和柳宗元的多篇古文逐一評論，細緻深入，作者所持觀點立場，則完全是傳統的儒家思想體系和桐城派衡文的法眼，完全不見西學影響的痕迹。此亦可見所謂民國時段之文化形態，新舊雜陳，多元豐富也。

前有馬其昶（一八五五——一九三〇）短序，馬氏乃桐城派後勁，清史稿之「儒林」、「文苑」卷總纂。其序説與林紓「同客京師，一見相傾倒，別三年，再晤，陵谷遷變矣。而先生著書談文如故，一日出所謂韓柳文研究法見示」。所謂「陵谷遷變」，即指清朝滅亡而民國建立，韓柳文研究法於一九一四年由商務印書館出版，則此書或峻稿於清季。馬其昶贊美林紓「於史漢及唐宋大家文，誦之數十年，說其義，玩其辭，醰醰乎其有味也」。林紓於韓愈、柳宗元的古文沉浸涵泳，所謂「韓氏之文，不佞讀之二十有五年」，則其所得所會，自然和後來接受了西方文藝思想的研究者，無真賞而僅「分析批判」所見大爲不同。

如林紓這樣評析韓愈的文章寫作技巧：「韓氏之能，能詳人之所略，又略人之所詳。常人恒設之籬樊，學韓則障礙爲之空。常人流滑之口吻，學韓則結習爲之除。漢所謂摧陷廓清者，或在是也。」「韓文能抑絕掩蔽，不使自露。不佞久乃覺之。……不善學者，往往因蔽而晦，累掩而澀。……所難者，能於掩蔽中，有淵然之光、蒼然之色，所以成爲昌黎耳。」

再如評柳宗元：「柳州段太尉逸事狀，與昌黎張中丞傳後叙，均洋洋有生氣，亦皆良史之才也。不佞甚惜柳州不爲史官，其寫忠義慷慨處，氣壯而語醇，力偉而光斂，可稱極筆。」「若公在永州，一荒昧不辟之區，必待糞除，其勝始出。是永州之勝，均係諸公之一言。則非極力描摹，山容水態，亦不易流傳於藝苑。集中諸文皆佳，而山水之記，尤爲精絕，雖大同小异，然各有經營。韓公猶望而却步，何論其他。」

文學論略，章太炎著。章太炎生於一八六九年，卒於一九三六年，太炎是號，名炳麟，在小學（語言文字學）、歷史、哲學、政治方面都有卓越貢獻，乃近代的國學大師。我的業師姚奠中先生是章先生最後招收的研究生之一，把對文學論略的評介作爲這一個系列學術著作的「收官」，格外具有意味。

文學論略首發於一九〇五年的四川學報（未完），一九二五年上海的群衆圖書公司出版，一九二六年再版，後來又成爲國故論衡的一部分。文學論略前面有胡適的一篇序，其中的一些話很有意味：

這五十年是中國古文學的結束時期。做這個大結束的人物，很不容易得。恰好有一個章炳麟，真可算是古文學很光榮的結局了。章炳麟是清代學術史的押陣大將，但他又是一個文學家。

他是能實行不分文辭與學説的人，故他講學説理的文章都很有文學的價值。

但他究竟是一個復古的文家。他的復古主義雖能「言之成理」，究竟是一種反背時勢的運動。

總而言之，章炳麟的古文學是五十年來的第一作家，這是無可疑的。但他的成績只够替古文學做一個很光榮的下場，仍舊不能救古文學的必死之症，仍舊不能做到那「取千年朽蠹之餘，反之正則」的盛業。他的弟子也不少，但他的文章却沒有傳人。

文學論略開宗明義：「何以謂之文學？以有文字，著於竹帛，故謂之文；論其法式，謂之文學。凡文理，文字，文詞，皆謂之文；而言其采色之焕發，則謂之彣（讀『文』，文采之意）」。這裏的核心思想，即文、史、哲不作絶對區分的「文學」觀念。而這一點，正是中國文化的根蒂，與西方講究分科別類的「科學」文藝學大異其趣。從表面看來，如胡適所批評，章太炎的這種文學觀是「復古主義」，「反背時勢」。胡適在序言結尾説：「章炳麟在文學上的成績與失敗，都給我們一個教訓。他的成績使我們知道文學須有學問與論理做底子，他的失敗使我們知道中國文學的改革須向前進，不可回頭去。」

以五四新文化運動爲起始標誌的「白話文」運動，正是沿着胡適的主張發展前行的，魯迅的「拿來主義」主張也主宰了整個二十世紀的中國文學和文化的走向。我們所評介的民國學術著作，絕大多數也體現了這個方向和主旨。但問題並不是單一的，歷史也是復雜的，如今我們回顧反思，在肯定胡適所説「改革必須向前，不可以回頭去」的歷史合理性一面的同時，也必須正視章太炎的文學主張，蕴含有更深層的中國傳統文化之精義奥旨，而且隨着人類文化在二十一世紀出現的困境，越來越具有啓示意義。單從對文學的認識來説，章太炎標榜的文、史、哲大會通的中國傳統文化的根本立場，也是有其文化深刻性和現實針對性的。

因此，對民國長達四十年時段的學術著作及其體現的思想方向，也不能簡單化地對待，忽視其所體現的歷史走向必然性與新價值的合理性是不對的，過分拔高推崇也有所偏頗。畢竟，那是一個「過渡」、「轉型」的時期，其多數學術文化著作也必然帶有「過渡」、「轉型」的色彩，是「進行時」和「未完成時」，距離「經典」尚有距離。從戊戌變法到辛亥革命到五四運動，一直到一九四九年，泛民國時段（包括其醞釀鋪墊時期）之中國現代化歷程從肇始而前行，歷經曲折，其激烈變化之歷史空隙中艱難産生的學術文化，有其大膽引進勇敢開拓而攝人心魄的一面，也有其嘗試而稚嫩、外來與傳統磨合不甚相契的一面。近世之社會轉型文化轉型乃大勢所趨，民國的學人們做出了艱苦的努力和卓越的貢獻，如何能在吸取世界其他文明滋育的同時，又能使中國傳統文化精粹得以恢弘發揚，再造輝煌，此正民國以來直至今日，中國知識界文化界苦苦思索探尋而歷久彌新之時代課題！

正是在這個意義上，民國的學術著作，這些體現了當日中國文化精英思考、研究、探索中國的社會與國家之現代化轉型的成果，其中的材料等或已經是舊痕陳迹，而其所思考的問題，所探索的思路，所提出的設想，以及這些著作本身的種種成就和不足，對於今天的中國現實，仍然具有攻錯借鑒的意義。他山之石，可以攻玉，何况此本非他山之石，正我山自有之石乎！

欲滅其國族，必先滅其文史。民族的歷史，特別是文化史、思想史、學術史，誠乃一國一族之精魂慧命之所在所基。當年日本侵略者之所以轟炸商務印書館與東方圖書館者，正深諳此理也。而商務印書館鳳凰涅槃浴火重生之艱苦奮鬥，亦未稍懈於斯。

民國語文，也在「轉型」途程中，這些學術著作的文風，大多是一種「尚存文言痕迹的白話文」。今天的青年讀者閱讀起來，也許會有异樣的感覺，但也可謂別具一種風味。而此二十三種著作的作者，絕大多數爲南方人，如浙江、江蘇、湖南、福建等省份，這些著作又大都在上海出版，由此亦可見民國時期文化發展的大情勢。這二十三種著作的二十位作者，當其撰寫著作之時，應該説彼此質素、學養都相差不遠，而其後之發展結局，則有的著作等身成爲大家大師，有的則後勁不足而逐漸湮滅少聞，固然各人機遇運會不同，而個人心志的堅持和努力之有無强弱，無疑是最主要的因素。對今日之學人特別是青年，不也很有啓發意義嗎？

潛入歷史的塵霾中排沙簡金，而選擇出此二十三册著作，並非筆者所爲，因而對此種簡選是否即能代表民國時期文學研究的大體大略，實亦不敢斷言，滄海遺珠或在所難免。而忝膺爲此編叢書作序的重任，惶恐之意，自不待言，管窺蠡測，亂彈胡侃，尚祈盼海内外方家不吝指教。但披閱這些先賢的著述，恰如驀然回首，向幽深的夜，重新點燃文支老紅燭。「紅燭啊！是誰制的蠟——給你軀體？是誰點的火——點着靈魂？」（聞一多紅燭）

點點燭光，明輝熠熠，回顧往昔，瞻望將來，道一聲：願我們的中國，鑒古灼今，發揚傳統精華，吸取五洲營養，漸進改革，持續開放，醒獅昂首，闊步奮行，前程佳美！

二〇一四年四月一日於大連

作者簡介

金秬香，生卒年不詳。民國時期清代駢文理論的研究家。他的漢代詞賦之發達（一九三八年），是現代賦學研究領域中的第一部漢賦專論。主要是聯係當時的政治、文化、風尚等社會狀況，闡發漢賦盛衰之原由。

目錄

漢代詞賦之發達

第一章　辭字之解釋

辭字本增訓爲獄訟，說文辛部云：辭、訟也，從辛𤔔。辛、辠也，𤔔、理也，猶言理辠也。又有𤔲字下云，籀文辭從司，是辭字指獄訟而言，大學所以言無情者不得盡其辭也。又說文司部下，詞、意內而言外也。釋文，詞、嗣也，令撰善言相續嗣也。是詞章詞藻諸字皆作詞，而不作辭，而詞字又訓爲反語助。文選劉楨賦云「揚荊陳詞，」注，唯曰兮斯之類，皆語句詞。高郵王氏作經傳釋詞，其自序云：漢說經者，宗尚雅訓，而語詞之例，則略而不究，或卽以實義釋之，遂使其文扞格而意亦不明，是王氏亦以詞爲語助也。蓋詞爲語助，故引伸其說，則一切言論文章皆得稱爲詞。攷古籍言辭文辭諸字，古字莫不作詞。易繫辭釋文云：辭，說也，辭本作詞。周禮大行人職云：「協辭命，」鄭注作叶詞命。詩大雅辭之輯矣，說文引作詞之誤矣。漢書敍傳音義云：詞，古辭字，籀文作𤔲，𤔲與詞形相近，後人因形近，故訛爲辭。易文言曰「修詞立其誠，」文言數百字，幾於句句用韻，孔子於此發明乾坤之蘊，詮釋四海之名，幾費修詞之意，冀達意外之言，實爲萬世詞章之祖。厥後昭明序文選，以爲「專名爲文，必沈思翰藻而後可也。」清儒阮氏狃其說，遂謂文必以駢偶爲主，而又牽引文與筆之所繇分，夫果有韻爲文，無韻爲筆，則凡駢散諸體，皆是筆而非文，適足自陷其說。夫文有時代，斷無畛界，董仲舒曰：春秋文成數萬，兼彼經傳，綜稱爲文，是非駢偶之文亦稱爲文。反是以思，則屈宋唐景之作，既是韵文，亦多駢語，漢書王褒傳，已有楚詞之目，王逸仍之，不曰楚文，而曰楚詞，則有韵與駢偶者亦未嘗不爲文也。子夏序詩，聲成文謂之音。孟子曰：不以文害詞。趙岐注，文、詩之文章也。古人詩賦既俱可謂之文，亦卽可俱謂之詞。

第二章　賦字之定義

賦者，古詩之一體，詩序云：詩有六義，其二曰賦。班氏序兩都賦，亦曰，賦者古詩之流，或云，卽今謎也，亦隱語而使人諭諫。夫聖人非不能切戒臣民，君子非不敢直忤君相，刑傷相繼，政俗無裨，故不爲也。莊論不如隱言，故荀卿宋玉，因斯作賦，漢代大盛，則有相如平子之流，以諷其君，要本隱以之顯，故託體於物而貴清明。漢藝文志，傳曰：不歌而頌謂之賦。登高能賦，可以爲大夫。案登高能賦之言，本於毛氏詩傳，在君子九能之內，夫九能均不外乎作文，故綜名曰德音。而登高能賦，與使能造命相次，蓋指行人之詩賦言耳。詩鄘風定之方中毛傳云：故建邦能命龜，田能施命，作器能銘，使能造命，升高能賦，師旅能誓，山川能說，喪紀能誄，祭祀能語，君子能此九者，可謂有德音，可以爲大夫。近人章氏所以謂縱橫出自行人，短長諸策實多口語，尋理本旨無過數言，而務爲紛葩，期於造次可聽，溯其流別，實不歌而誦之義也。

又劉熙釋名曰：賦者，敷也，敷布其義謂之賦。陸機文賦曰：賦體物而瀏亮。李仲蒙曰：敍物以言情，謂之賦。鍾嶸詩品曰：直書其事，寓言寫物，賦也。覈衡能說，以司馬相如之論爲最允，復參以劉氏彥和詮賦篇，即可得詞賦之梗概。相如曰：合綦組以成文，列錦繡而爲質，一經一緯，一宮一商，此賦之迹也。賦家之心，包括宇宙，綜覽人物，斯乃得之於內，不可得而傳。彥和曰：原夫登高之旨，蓋覩物興情，情以物興，故義以明雅，以物情觀，故詞必巧麗，麗詞雅義，符采相勝，如組織之品朱紫，畫繪之著玄黃，文雖新而有質，色雖糅而有本，此立賦之體也。又辨騷云：賦也者，受命於詩人，而拓宇於楚詞也。從其本以爲分析，則詞爲口說，賦爲敷寫，而渾而言之，則直謂之詞賦而已。詩不盡賦，賦無非詩，抉其本根，實相枝幹，古籍具在，厥義孔昭矣。

第三章　詞賦之源流

古時文字未興，傳之口耳，漸至忘失，音韻相協，斯便記誦。論者謂蒼沮以前，止有史詩而已。逮易以六位成章，書爲四言嚆矢，詩傳十五國謳吟，爾雅則句多珠連，左氏則言皆綺合，是猶工繪事者，必待青白以成文，聆樂音者，必取咸英之合節，三代文體，即此可窺。自九流飆起，七略雲萃，諸子六藝，莫不協音而足語，立韵而出度，其時詩人偶章，大夫聯詞，詩與賦雖各異其名稱，而未標其區界。詩訓爲持，賦訓爲鋪，言持約而鋪博也。古人本合二義而爲一，故凡作詩者皆謂之賦詩，誦詩者亦謂之賦詩。攷學術之淵源，詳文章之派別，流雖分爲十，而大別有三。其一曰縱橫，縱橫家善於詞令，長於諷諭，能移人之情，奪人之志，其源本出於詩教。孔子曰：誦詩三百，使於四方，不能專對，雖多亦奚以爲。春秋之時，列國卿大夫聘問往來，賦詩言志，此其徵也。故詩賦之學，出於行人之官。漢志敍詩賦略，謂古者諸侯卿大夫交接揖讓，以微言相感，當揖讓之際，必稱詩以諭其志，蓋以別賢不肖而觀盛衰焉。故孔子言不學詩，無以言。夫曰交接，曰揖讓，皆爲行人之所專司，行人之術，流爲縱橫，故漢志敍縱橫略，亦謂行人出使，必有得於詩教，則詩賦之學，實唯縱橫家所獨擅。語云，當權事制宜，受命而不受詞，此其所長也。

第四章　詞賦之作用

攷周禮大小行人，掌奉使典謁之職，司儀象胥諸官，皆典謁四方之賓客者也。又有環人掌客掌訝諸官，行夫掌交諸官，皆奉使四方之地者也。縱橫亦作從衡，詩齊風，衡從其畝，類篇東西曰縱，南北曰橫，故奉使四方者亦曰縱橫。第協詞命者屬行人，讀誓禁者屬訝士，膺使之選，首重修詞，故聘禮言詞達，論語亦言詞達，是皆行人應對之詞也。左傳言爲詞，論語則言爲命，是又行人簡牘之詞也。東周以降，行人承命，咸以詞令相高，故嫻習文詞者始克膺行人之寄，所謂言之無文，行之不遠也。行人失詞，即爲辱命，是以習行人之言者，即以縱橫名之，試考之古籍，折衝樽俎，毋致貽隕越羞者，多以賦詩爲專才，有知行人之勞，而賦詩以慰恤者矣。（本篇鄭箋及周南卷耳篇序．）有獎行人之往來，而賦詩以褒美者矣。（詩小雅四牡篇序．及本篇四牡騑騑句毛傳．又小雅皇皇者華篇序．及本篇駪駪征夫句毛傳．）或行人從政，而室家賦詩以勸行。（詩周南殷其靁序．及本篇鄭箋．）或行人于役，而僚保賦詩以紀念。（王風君子于役篇序．及本篇正義．）或行人困瘁，賦賢勞以舒其軫轄。（詩小雅北山篇序．及篇中或不已於行句．又綿蠻篇序．及本篇鄭箋．）或行人閔憂，賦行邁以寫其鬱伊。（詩王風黍離篇序．及篇中行邁靡靡句毛傳．又小雅小明篇我征徂西句孔疏．）是古詩每因行人而作也。又攷之左氏傳，范宣子賦「摽梅，」是爲行人出聘而誦者。（襄公八年傳．）楚薳罷賦「既醉，」是爲行人莅盟而誦者，（襄二十七年傳．）子皙等賦「野有蔓草」諸篇，是爲行人答餞而誦者，（昭十六年傳．）至於行人相儀而誦詩者，則有若國景子賦「蓼蕭，」賦「轡之柔矣，」子展賦「緇衣，」又賦「將仲子兮。」（襄二十六年傳．）行人出援而誦詩者，則有若魯穆叔賦「祈父，」又賦「鴻雁卒章，」（襄十六年傳．）行人宴會而誦詩者，則有若穆叔賦「鵲巢」「采蘩，」子皮賦「野有死麕，」趙孟賦「棠棣，」是古詩每爲行人所誦也。蓋採風侯邦，本行人之舊典，（前漢書食貨志）故詩賦之根源，亦唯行人爲最審。（季札以行人觀樂於魯，卽其明證也）準是以言，則行人承命以修好，苟非登高能賦，鮮有不辱國者矣。然此特施用之一端耳，會而通之，則猶有諫君匡友，析理明倫，在詞章地位上，亦頗占重要之價値者。

第五章　詩賦之分析

禮記學記宵雅肄三，官其始也，鄭注，宵之言小也，謂鹿鳴四牡皇皇者華也，爲始學者習之，而以官鼓動其天倪也。推古人立法之意，卽望其能登高賦詩，豫爲異日官行人之地，故其時賡詩作賦，莫不奮其筆舌，冀垂休聲於無窮。春秋以還，周道寖衰，聘問歌詠，不行於列國，學詩之士，逸在布衣，而賢人失志之賦作矣。大儒孫卿，及楚臣屈原，皆作賦以風，咸有悱惻古詩之義。當斯之時，詩賦未分，離騷之作，（屈原賦爲後人所題，非其本名）上承風體，成相之篇，韻詞謠古，（荀子成相篇文曰，請成相，世之殃，愚闇愚闇墮賢良，人主無賢，如瞽無相何倀倀，通篇長短句有韻，藝文志謂之成相雜辭十一篇，今不傳，蓋當時有此體文字，託之瞽矇諷誦之辭，亦古詩之流也，逸周書周祝辭，亦此體，請成相者猶言奏此曲也）雖有賦體，而尚未有賦名。孫卿賦篇，復有佹詩。荀子天下不治，請陳佹詩，末數語，璇玉瑤珠，不知佩也，雜布與錦，不知異也，閭娵子奢，莫之媒也，嫫母力文，是之喜也，以盲爲明，以聾爲聰，以危爲安，以吉爲凶，嗚呼上天，曷維其同，其怨亂處，極爲離騷相匹。厥後宋玉、唐勒、景差之徒，相競造賦。文選有宋玉風賦，高唐賦，神女賦，登徒子好色賦，古文苑有宋玉大言小言賦，諷賦，釣賦，御覽六百二十三引宋玉賦云，景差唐勒，並造大言賦。論者謂淫文於發言過於實，誇競之興，體失之漸，至秦時，復有雜賦九篇，於是詩與賦始畫鴻溝。漢初詞人，順流而作，六藝附庸，蔚成大國，一時士大夫述志之作，多出於賦之一塗，並務恢張文藝，博誕空類，而詞賦始有專家，或吐咳嘉謀，或矢口經濟，炳龍虎之章，振琳琅之音，豈比操觚屬詞，矜駢麗而誇月露也哉。揚子雲曰，讀千首賦，則善爲之，蓋所以廣其資，亦得以參其變也。

第六章　漢代詞賦之所繇盛

章氏實齋曰，戰國之文，多出於詩教者，何也。曰，戰國者，縱橫之世也。縱橫之學，本於行人之官，觀春秋之詞命，列國大夫出使專對，則凡比興之旨，諷諭之義，固行人之所肄習也。縱橫者流，推而衍之，以故委折而入情，微婉而善諷也。學者不察其淵源之所自來，而以蕭統權輿選樓，遂推文選爲詞章之祖，誤矣。且昭明者不知老莊管孟之文者也。（選序曰，老莊之作，管孟之流，蓋以立意爲宗，不以能文爲美。）卽以文選證之，則京都諸賦，蘇張縱橫六國侈陳形勢之道也。上林羽獵，安陵之從田，龍陽之從釣也，淮南賓客，梁苑詞人，原嘗申陵之盛舉也。揚馬聯鑣西蜀，蔡張接軫東京，談天雕龍之奇觀也。且縱橫之士，抵掌搖脣，頗多積句，則耦麗之體，適可稱職。漢興，卽本此指以爲賦，長言詠歎之一變，而無韻之文可通於詩者，亦於是而廣也。詞賦固當有韻，然古人亦有無韻者，以義在託諷，亦謂之賦耳。漢世校書有詞賦略，其所列者甚當。或曰，獨賈生以命世之才，俛就騷律，非一時諸人所可及，佗如相如長於敍事，而或昧於情，揚雄長於說理，而或略於詞，至於班固，則詞理俱失，亦以不發乎情耳。豈知甘泉諸賦，極其鋪張，終歸於諷諫，而風之義未泯。兩都等賦，極其炫曜，而雅頌之義未泯。長門自悼等賦，緣情發義，託物興詞，咸有和平從容之致，而比興之義未泯。其餘情志愈廣，王褒劉向崔蔡之徒，亦皆異軌同奔，遞相師祖，劉彥和謂漢之賦頌，影寫楚騷，毋寧謂漢之詞賦，體備戰國也，此漢賦之所繇盛也。

第七章　漢代詞賦之所繇衰

吳訥云，祝堯古賦辨體曰，揚子雲謂詩人之賦麗以則，詞人之賦麗以淫。夫騷人之賦，與詩人之賦雖異，然猶有古風之義，詞雖麗而義可則。詞人之賦，則詞極麗而過於淫蕩矣。蓋詩人之賦，以其吟詠性情也。騷人之賦有古詩之義者，亦其發於情也，其情不自知而形於詞，其詞不自知而合於理，情形於詞，故麗而有則，詞合於理，故則而有法，如或失於情，尙詞而不尙意，則無興趣之妙，而於則也何有，後代賦家之俳體是也。如或失於詞，尙理而不尙詞，則無歌詠之遺，而於麗也何有，後代賦家之文是也。是以三百五篇之詩，二十五篇之騷，無非發於情之自然者，故其詞也麗，而其理也則，而有賦比興風雅頌諸義。漢代詞賦，專取詩中賦之一義以爲賦，復取騷中瞻麗之詞以爲詞，若情若理，有不暇及，故其爲麗也，異乎風騷之麗，而則之與淫遂判矣，其辨則與淫也甚明晰。又言成相佹詩有古詩之義，然其所載則以楚詞爲首，而成相等勿錄，其所以勿錄者，以成相等非賦體也。其所以載楚詞於賦首者，蓋欲使學賦者必以此爲先也。是以劉彥和辨騷云，名儒詞賦，莫不擬其儀表。宋氏祁云，離騷爲詞賦祖，後人爲之，如至方不能加矩，至圓不能過規也。清劉開與王子卿太守論駢體書，亦以爲詞者依騷以命意者也，賦者託騷以爲體者也。蓋情者詞之經，詞者理之緯，經正而後緯成，理足而後詞暢，此爲詞賦之本源。古今言賦，自騷而外，兩漢最古，自非魏晉所能及。但當去其所以淫，而取其所以則，庶不失古賦之本義。漢廷之賦，雖非苟作，然無古人之不得已，而唯以好尙逐於文詞，已不盡出六藝之教，此揚子雲所以謂雕蟲小技，壯夫不爲，曹子建所以謂詞賦小道，固未足以揄揚大義，彰示來世也。厥後柳冕答荊南裴尙書論文曰，騷人起而淫麗興，此其所以衰歟。

第八章　漢代詞賦發達之原因

自來篇章浩瀚，實才思之神皋，經典沈深，爲羣言之沃壤，此發達所以必資乎天庭也。秦餤既灰，劉項逐鹿，蕭何在咸陽宮中收圖籍數十種。卯刀運興，外有太常太史之藏，內有延閣祕書之府，以故賈誼鄒陽，潤色鴻業，凡史遷壽王之徒，嚴助枚臯之屬，應對無方，篇章不匱，遺風餘釆，莫與比隆。宣成二帝，廣求遺書，徵集小學，烺烺炳炳，學術足觀，於是司馬凡將，子雲訓纂，覈衡字義，旁逮物名，注之者備述典章，箋之者詳徵詁故，駢章儷句，冠冕西京，其餘王褒之倫，亦莫不漁獵文囿，彥和曰「繁積於宣時，枝閱於成世」此其明證也。王莽之末，圖書蕩然，光武中興，未及下車，先求文雅，肅宗親臨講肆，和帝數幸書林，蘭臺石室，鴻都東觀，祕牒塡委，更倍於前，一時懿鑠鴻儒，才不時乏，孟堅季長平子敬通之輩，其傑出也。綜兩京詞賦諸家，莫不鎔鑄經典之笵，翔集子史之術，擷精擇當，致爲詞日益工，孝獻徙都，圖書縑帛，取爲帷裳，所收而西者，尙有七十餘乘，建安之末，區宇方輯，曹氏父子，雅好詞賦，以是俊乂雲蒸，聲聞彪炳，建安七子，才調輩興，洵乎蔚映十代，詞釆九章，中樞既動，環流無極者矣，此發達之關乎時序也。

自來八傑，端資地靈，尙論古音，地分南北，舜歌南風，紂音北鄙，北音稱爲夏聲，亦曰雅言。（論語子所雅言。雅即夏也。）江漢之間，古稱荊楚，漢廣江有汜諸詩，已列二南，故楚聲亦謂之南音。荀子言「居楚而楚，居夏而夏，」一音分南北，此爲明徵，聲音既殊，詞章因之。大抵南方之地水多，故其文多攄情尙志之作，北方之地土厚，故其文止記事析理二端，班固志藝文，分析詩賦，所繇以屈原孫卿陸賈括之也。屈陸籍隸荊南，所作之賦，一主攄情，一主騁詞，洵爲南人之傑作。孫卿生長趙土，偏於析理，確爲北方之文，蘭臺史籍，固可按也。西漢詞人輩出，賈董劉向，咸平敞通洞，字準句繩，其源本於孫卿，佗如史遷韓安國之賦，文樸語飾，古賦之體本之。若枚乘相如輩，皆以詞賦垂名，然恢廓聲勢，開拓宧窔，殆縱橫之流亞歟。至於寫物附意，隸事敷辭，導源楚騷，語多虛設，子雲繼作，羽獵河東諸賦，出自蘇張，反騷諸作，出自屈子，體雖兼乎二長，實則近南而遠北，世漸百齡，大旨所歸，靈均餘影，於是乎在。諸夏文物，本起於河洛，以是奇文蔚起，亦先南服蜚聲，故其時南方發達，較北爲強。洎乎東京，孟堅之作，雖似揚馬，然徵材采事，取精用宏，則呂覽輯類之遺也，蔡邕之作似之。平子之作，傑格拮榝，俶詭可觀，則荀子成相之遺也，王延壽之作似之。蓋東漢詞人，咸生北土，且其時崇尚儒術，排斥縱橫，故九宮圍碁諸賦所作，主於析理，格虎柳鷃諸賦所作，偏於記事，而騷詞攄情之作，繼起無人。建安之時，詞章多遺懷指事，不求纖密，悲哀剛勁，純乎北土之音，北方發達，似又勝於南矣，此發達之關乎地土也。

自來宋玉作賦，必稱楚王，然由意撰，羌非事實，漢賦孝成之世，奏御者千有餘篇，然非繇於自獻，蓋其時猶有輶軒之使，采詩觀風，趙代秦漢之謳，皆列樂府，賦亦當在采中。讀班固兩都賦序曰，「至於武宣之世，乃崇禮官，攷文章，內設金馬石渠之署，外興樂府協律之事，以興廢繼絕，潤色鴻業，是以衆庶悅豫，福應尤盛，白麟赤雁芝房寶鼎之歌，薦於郊廟，神雀五鳳甘露黃龍之瑞，以爲年紀，故言語侍從之臣，若司馬相如、虞丘壽王、東方朔、枚皋王褒、劉向之屬，朝夕論思，日月獻納，而公卿大臣御史大夫倪寬、太常孔臧、大中大夫董仲舒、宗正劉德、太子太傅蕭望之等，時時間作，或以抒下情而通諷諭，或以宣上德而盡忠孝，雍容揄揚，著於後嗣，抑亦雅頌之亞也。」蓋其時海寓甯謐，民生饒足，京師之錢，貫朽而不可校，太倉之粟，陳陳相因，至紅腐而不可食。於是歌舞承平，游揚德業，著美詞以當雅頌，冀卜君王之一粲，蓋至是已有獻賦之制，此發達之關乎政治也。

自來誦讀之業，恆與經濟相資，並欲使全國之人才，奔赴於文字一塗，以隱增其意智，則攷試尚焉。讀張衡疏曰，「書畫詞賦，當代博奕，以此取士，諸生競利，作者鼎沸，其高者破引經訓風諭之言，其下者連偶俗語，有類俳優，臣每受詔於盛化，差次錄第，其未及者，亦復隨輩皆見拜擢，」據此，則已有試賦之制矣。此制一興，則凡呫嗶之徒，相率應制以博祿位，自不得不專務記覽，據事類義，援古證今，籍以供作詞賦之用。夫以子雲之才，而尙自奏不學，及觀石室，乃成鴻采，卽如崔班張蔡，亦莫非因書立功，此則士子作文之範式也。故漢廷之作，上焉者可與賈疏董策相頡頏，次則雖多浮誇矜詡之詞，而揆厥所繇，亦猶承縱橫家棄信尙詖之流弊，蓋其時除公室攷校外，尠所顓習者，餘如官方職司，私家著述，亦無非由舉業研究而來，風動於上，而波震於下，其發達之速率，誠有如平子所云鼎沸者。論者謂上古之文，出於民間，中古之文，出於史官，漢以來之文，出於攷試，此又發達之關於風尙也。

第九章　漢代詞賦之種類

漢書藝文志，敍詩賦爲五種，賦則分爲四類。屈原以下二十家爲一類，二十家者，屈原、唐勒、宋玉、趙幽王、莊夫子、賈誼、枚乘、司馬相如、淮南王、孔臧、劉隁、吾邱壽王、蔡甲、兒寬、張子僑、劉德、劉向、王褒、及淮南王羣臣，合以武帝之賦，通爲三百六十一篇，是也。陸賈以下二十一家爲一類，二十一家者，陸賈、枚皋、朱建、莊怱奇、嚴助、朱買臣、劉辟彊、司馬遷、臣嬰齊、臣說、臣吾、蘇季、蕭望之、徐明、李息、淮南憲王、揚雄、馮商、杜參、張豐、朱宇之賦，通爲二百七十四篇，是也。荀卿以下二十五家爲一類，二十五家者，荀卿、廣川王越、魏內史、延年、李忠、張偃、賈充、張仁、秦充、李步昌、謝多、周長孺、錡華、眭弘、別栩陽、臣昌市、臣義、王商、徐博、呂嘉、華龍、路恭之賦，以及秦時雜賦、長沙王羣臣賦、李思孝景皇帝頌，通爲一百三十六篇，是也。客主賦以下十二家爲一類，皆無作者姓名，大抵撰纂前人舊作，匯爲一編，猶近世坊間所行之撰賦也，通爲二百三十三篇。班氏雖苦心爲分明，而於區分之意，並不箋注一詞，近人劉氏謂客主賦以下十二家，皆漢代之總集類也，餘則皆爲分集。竊以爲分集之類，仍不外劉略所次攄情騁詞記事析理數種。攄情者，言深思遠，以達一己之中情者也，其源出於詩經，屈平以下二十家似之。騁詞者，縱筆所之，以才藻擅長者也，其源出於縱橫家，陸賈以下二十一家似之。記事析理者，詞必類物，語皆蹈實，以形容其精微者也，其源出於儒道二家，荀卿以下二十五家似之。以班志所列之賦計之，共九百五十有九篇，東漢尚不在內，今雖篇章散佚，多不可攷，然亦見當年之盛况矣。茲擇其可攷者著之於篇。

攄情類

章實齋文史通義詩教篇曰，古之賦家者流，原本詩騷，出入戰國諸子，排比諧隱，韓非儲說之屬也。其質性篇曰，詩人比興，說客諧隱，即小而喻大，弔古而傷時，嬉笑甚於裂眦，悲歌可以當泣，誠有不得已於所言者，據情之賦，大率類是。

賈誼鵩鳥賦　漢文帝時，雒陽才子賈誼爲博士，年甫二十餘，超遷大中大夫，將更定制度，出爲長沙王傅，賈天資英特，弱齡秀發，衝橫海之巨鱗，矯冲天之逸翮，而不獲參謀棘序，贊道槐庭，爰傅卑土，發憤嗟命，因自傷爲不祥鳥，迺作鵩鳥賦以自廣。其詞曰，「萬物變化兮固無休息，斡流而遷兮或推而還，形氣轉續兮變化而蟺，沕穆無窮兮胡可勝言，禍兮福所倚，福兮禍所伏，憂喜聚門兮吉凶同域。」又曰「禍之與福兮，何異糾纏，命不可說兮，孰知其極，水激則旱兮，矢激則遠，萬物迴薄兮，振盪相轉，雲蒸雨降兮，糾錯相紛，大鈞播物兮，坱圠無垠，天不可預慮兮，道不可預謀，遲速有命兮，焉識其時，」此用鶡冠子之言也。又曰「天地爲爐兮，造化爲工，陰陽爲炭兮，萬物爲銅，合散消息兮，安有常則，千變萬化兮，未始有極，忽然爲人兮，何足控摶，化爲異物兮，又何足患，小智自私兮，賤彼貴我，達人大觀兮，物無不可，貪夫徇財兮，烈士徇名，夸者死權兮，品庶每生，」此用莊列之言也。至言「大人不曲兮意變齊同，」此卽參周易天地合德之旨。「達人無累兮知命不憂」此卽參周易樂天知命之旨。而近人劉氏且謂其思想不凡，隱合釋典之玄妙，竊嘗細玩其詞，半出於孔老，半出於離騷，故誦是賦第覺情深而理明，劉彥和謂賈生鵩賦，致辯於情理，是眞善讀鵩賦者矣。

賈誼旱雲賦　誼後又傅梁王，抑鬱不得志，復作旱雲賦以寓其意，易坎爲水，蘊蒸而上升者爲雲，溶液而下施者爲雨，雲行雨施，言陰陽相和也。誼計本思遏亂萌而厚民俗，文帝果能用之，則君臣和而澤加於民，亦猶陰陽和而澤被於物，迺爲絳灌馮敬等所阻，卒棄不用，故託此以舒憤。是賦歷言雲與不雨，稚稼遇害，懷怨不已，託咎在位，政失陰滯，厥象可徵，西郊密雲，東周旱魃，陰陽睽隔，今古皆然。末言「忍矣喬夫何寡德矣，既已生之，不與福矣，來何暴也，去何躁也，孳孳望之，其可悼也，憭兮慄兮，以鬱怫兮念思白雲，腸如結兮，終怨不雨，甚不仁兮，布而不下，甚不信兮，白雲何怨奈何人兮」情詞亹亹，近於三百篇之自然，其旨微而顯，其聲哀而長，玩通篇語意，本忠君之心，發憂時之論，經濟詞章，千古無兩。

賈誼弔屈原賦　彼見屈原，體忠貞之性而見嫉妬，念讒佞之臣，承君順非而蒙富貴，作此弔之，亦既傷逝者，行自念也之意。其詞曰，「烏虖哀哉兮逢時不祥，鸞鳳伏竄兮鴟鴞翱翔，闒茸尊顯兮讒諛得志，聖賢逆曳兮方正倒植，謂隨夷溷兮，謂跖蹻廉，莫邪爲鈍兮，鉛刀爲銛，」此數句與屈原卜居「蟬翼爲重，千鈞爲輕，」一段口吻絕肖，且撰語之精錬，用筆之凝重，亦復相似。又曰，「于嗟默默，生之亡故兮，斡棄周鼎，寶康瓠兮，騰駕罷牛，驂蹇驢兮，驥垂兩耳，服鹽車兮，章父薦屨，漸不可久兮，嗟若先生，獨離此咎兮，」其體則又同於橘頌，通體四言六言而間以「兮」字，求之漢書賈賦，純爲此式，太史公以屈賈合傳，祇爲二人俱詞客，而賈生復有弔屈原一事也。劉彥和曰，「賈誼浮湘，發憤弔屈，體同而事覈，詞清而理密，蓋首出之作也，」張惠言七十家賦鈔序曰，「其趣不兩，其於物無強，若枝葉之附其根本，則賈誼之爲也，其源出於屈平，」讀是賦益信。

淮南王小山招隱士賦　小山招隱，何爲而作也，詳其詞意，當是武帝猜忌骨月，適淮南王安入朝，小山之徒，知讒釁已深，禍變將及，迺作此以勸王亟謀返國之作，其詞曰，「桂樹叢生兮山之幽，」喻帝室也。「偃蹇連卷兮枝相繚，」喻諸劉也。「山氣巃嵸兮石嵯峨，谿谷嶄巖兮水曾波，猨狖羣嘯兮虎豹嘷，攀援桂枝兮聊淹留，」略陳山中慘險之狀，卽以反跌下文，「王孫游兮不歸，春草生兮萋萋，歲暮兮不自聊，蟪蛄鳴兮啾啾，」四句以明自春徂秋，久留不歸，如此折轉，方爲有力。「坱兮軋，山曲岪，」以下，漸入漸深。「心淹留兮洞荒忽，罔兮沕，憭兮栗，虎豹穴，叢薄深林兮人上慄，」至此愈入愈深。「嶔岑碕礒兮，碅磳磈硊，樹輪相糾兮，林木茷骫，青莎雜樹兮，薠草靃靡，白鹿麏麚兮，或騰或倚，狀貌崟崟兮峨峨，凄凄兮漇漇，獼猴兮熊羆，慕類兮以悲，」此就木石草獸諸物，逐層摹寫慘險景狀，以喻漢法之刻深，條理極爲清晰。末言「攀援桂枝兮聊淹留，虎豹鬭兮熊羆咆，禽獸駭兮亡其曹，王孫兮歸來，山中兮不可以久留，」結明正意。反騷云「枳棘之榛榛兮，猨狖擬而不敢下，」即此旨也。通篇用喻，作賦本意，到底隱而不宣，此山鬼國殤之遺悲也，而其體又似乎九歌。

莊忌哀時命賦　莊忌吳人，與鄒陽輩善交，亦頗工詞賦，此爲擬騷之作，其詞曰，「心鬱鬱而無告兮，衆孰可與深謀，此即離騷衆難戶說孰察中情之意也。「欿愁悴而委情兮，老冉冉而逮之，」此即離騷冉冉老至修名不立之意也。「願至崑崙之玄圃兮，采鍾山之玉英，」此即涉江與重華遊瑤圃登崑崙食玉英之意也。「擥瑤木之橝枝兮，望閬風之板桐，」此即離騷登閬風折瓊枝之意也。「弱水汨其爲難兮，路中斷而不通，」此即涉江船不進而凝滯之意也。「勢不能淩波以徑度兮，又無羽翼而高翔，然隱閔而不達兮，獨徙倚而彷徨，」此卽九辯閔思不通將去高翔悲愁傷人鬱鬱何極之意也。而且去其「兮」字，純爲六言，與楚詞如出一轍，自是以往，詞賦家多祖此體矣。

枚乘菟園賦　乘武帝時上書北闕，拜爲郞，好談諧，善賦頌，且極敏捷，時比之東方朔。子雲曰，戎馬之間，飛書馳檄，則用枚皐。嘗上書諫吳王濞，通亮正直，非詞人比，迺不納，去之梁，嘗作七發，猶楚詞七諫之流，楚太子見之，病愈，景帝召拜弘農太子都尉。梁孝王，景帝同母弟也，其時築東苑，方三百里爲複道，自宮連屬平臺，二十餘里，名曰菟園。園中有百靈山，落猿巖，棲龍岫，又有鴈池，池間有鶴洲鳧渚，其詞曰，「修竹檀欒夾池水，旋菟園，並馳道，臨廣衍長冗坂，故徑（一作正）於崑崙，貇觀相物，芴焉子有，似乎西山，西山隑隑，卹（一作卲）焉巋巋，卷路崣移，崟巖綺（疑巃字）嵸巍巘焉，」以上極言苑囿之廣也。又曰「暴熛激揚塵埃，蛇龍奉林薄竹，遊風踊焉，秋風揚焉，滿庶庶焉，紛紛紜紜，騰踊雲亂，枝葉翚散，摩來幡幡焉，谿谷沙石，涸波沸日，湲浸疾東，流連焉轔轔，陰發緒菲菲，誾誾讙擾，昆雞蝭蛙，倉庚密切，別鳥相離，哀鳴其中，若乃附巢蹇鷙之傅於列樹也，欐欐若飛雪之重弗麗也，西望西山，山鵲野鳩，白鷺鶻桐，鸕鶿鷂鵰，翡翠鴝鵒，守狗戴勝，巢枝穴藏，被塘臨谷，聲音相聞，啄尾離屬，翺翔羣熙，交鶵接翼，闔而未至，徐飛⿰犭立猪，往來霞水，離散而沒合，疾疾紛紛，若塵埃之間白雲也，予之幽冥，究之乎無端，」以上極言林木鳥獸之富也。晚春早夏一段，鋪陳士女游觀，其車服之盛，釣射之樂，備極驕奢豪侈，而終之以郊上採桑之婦人，末即借桑婦之言以爲結穴，曰：「春陽生兮萋萋，不才子兮心哀，見嘉客兮不能歸，桑萎蠶飢，中人望奈何，」文極雲詭波涌之觀，而語有歸宿，深得詩人諷諫之恉，是時梁王宮室踰制，出入警蹕，乘迺作此以規警之，情致躍躍，劉彥和所謂枚乘菟園，舉要以會新者此也。論者謂爲其子皋所爲，隨所覩而筆之，恐未必然。

枚乘柳賦　其後梁孝王遊於忘憂之館，集諸遊士，使各爲賦，乘賦柳，賜絹五疋，其賦始言君王淵穆，翫此羣英，已迺無所聞見，獲與其列，頗有榮幸意，又曰，「罇盈縹玉之酒，爵獻金漿之醪，庶羞千族，盈滿六庖，弱絲清管，與風霜而共雕，鎗鍠啾唧，蕭條寂寥，雋乂英旄，列襟聯袍，小臣莫效於鴻毛，空銜鮮而嗽醪，雖復河清海竭，終無增景於邊撩，」以上自言非才，莫知補報，徒竊飲食，縱令歷時滋久，亦無裨於國家，邊撩柳之邊梢也，借以喻細微之事，玩此篇語意，決不是堆花簇錦，儷葉排窠而一種疏麗動人，與隨行數墨者逈別，且即小喻大，有當於規諷之義，王芑孫氏論用韵之例，謂有三韵而止者，如枚乘忘憂館柳賦，而後之王粲登樓賦，魏文帝柳賦，皆依此以爲式也，此則無關於宏旨矣。

路喬如鶴賦　同時被命爲賦者，有公孫詭賦文鹿，鄒陽賦酒，公孫乘賦月，羊勝賦屏風，韓安國賦几，不成，鄒陽代作，鄒陽安國罰酒三升，其鶴賦云「白鳥朱冠，鼓翼池干，舉修距而躍躍，奮皓翅之翩翩，宛修頸而顧步，啄沙磧而相懽，豈忘赤霄之上，忽池籞而盤桓，飲清流而不舉，食稻粱而未安，故知野禽野性，未脫籠樊，賴吾王之廣愛，雖禽鳥兮抱恩，方騰驤而鳴舞，憑朱檻而爲歡」以鶴之高飛遠舉，喻賢士不爲祿養委身，禽鳥雖微，猶懷君德，況具有淩霄之志者乎，楊子謂升自深澤，階天不怠，即斯恉也。此王氏所謂一韻而止者。

公孫詭文鹿賦　其詞曰「麀鹿濯濯，來我槐庭，食我槐葉，懷我德聲，質如湘縟，文如素綦，呦呦相召，小雅之詩，歎丘山之比歲，逢梁王於一時」泮水丘山，桑葚槐葉，飛鴞呦鹿，同懷好音，一懷魯侯，一逢梁王，冀君惠好，如聞頌聲，故曰不歌而頌謂之賦。此亦王氏所謂一韻而止者。

鄒陽酒賦　其詞曰，「清者爲酒，濁者爲醴，清者聖明，濁者頑騃，皆麴湒（初學記作消）丘之麥，釀野田之米，倉風莫預，方金未啓，嗟同物而異味，歎殊才而共侍，（初學記無此四句）流光醳醳，甘滋泥泥，醪釀（初學記作醴）

既成，綠瓷既啓，且筐且漉，載茜（初學記作醑）載齊，（初學記作濟案當作泲）庶民以爲歡，君子以爲禮，其品類則沙洛淥酃，程（初學記作烏）鄉若下，高（初學記作齊）公之清，關中白薄，青渚縈停，凝醳醇酎，千日（初學記作金）一醒，（初學記卅六引止此）哲王臨國，綽矣多暇，召皤皤之臣，聚肅肅之賓，安廣坐，列雕屏，綃綺爲席，犀璩爲鎭，曳長裾，飛廣袖，奮長纓，英偉之士，莞爾而卽之，君王憑玉几、倚玉屏，舉手一勞，四坐之士，皆若哺粱焉，乃縱酒作倡，傾盌覆觴，右以宮申，旁亦徵揚，樂只之深，不吳不狂，於是錫名餌，袪夕醉，遣朝酲，吾君壽億萬歲，常與日月爭光，」以上歷言酒有異味，以喻人有殊才，酒之品類各殊，猶才之器用各適，中言旨酒嘉賓，古製古色，含意無窮，歸本於樂只壽考，仍由詩篇衍化而出，語近情遙，頌揚得體，鄒陽書詞，體局極似淮南鴻烈，而是賦則又似雅頌之博徒也。其體式已遞增至四韵矣。

鄒陽代作几賦　其詞曰，「高樹淩雲，蟠紆煩寃，旁生附枝，王爾公輸之徒，荷斧斤，援葛藟，攀喬枝，上不測之絕頂，伐之以歸，眇者督直，聾者磨礱，齊貢金斧，楚入名工，迺成斯几，離奇髣髴，似龍蟠馬迴，鳳去鸞歸，君子憑之，聖德日躋，」鄒與枚嚴輩，並以文辯名，從梁孝王遊，介於公孫詭羊勝間，是賦明言巨木成器，能躋聖德，爲進規之旨，而旁生附枝，隱有指詭勝意，梁王不悟，卒被讒下獄，猶復以蟠木根柢輪囷離詭，爲萬乘之器，仍賴左右先容爲詞，書上雖出，而布衣終不得爲枯木朽株之資也。屈原以被逐而取喻幽蘭，鄒生以被讒而取喻高樹，其情之可悲則一也。劉開與阮芸臺論文書曰，屈宋工於言詞，枚乘鄒陽爲之，情深而文明，是賦雖止一韵而止，而情文特勝。

公孫乘月賦　其詞曰，「月出皦兮，君子之光，」此以明月比君子之德也，「鶤雞舞於蘭渚，蟋蟀鳴於西堂，」此言物遂其性，而天籟自鳴也。「君有禮樂，我有衣裳，」言羣士從梁王遊，各由其道，不愆法度也。「猗嗟明月，當心而出，隱員巖而似鉤，蔽修堞而分鏡，」譬猶君德蔽壅，其明必虧，「既少進以增輝，遂臨庭而高映，炎日匪明，皓璧匪淨，」此言能進乎德，則其明迺全也。「躔度運行，陰陽以正，」以明行度有常，而寒暑不忒，猶言行靡失，而紀綱自定，「文林辯囿，小臣不佞，」於羣英之中，因月進言，而自愧非材，謝希逸月賦「警闕示沖，」實祖斯意。此亦兩韵而止者。

羊勝屏風賦　其詞曰「屏風鞈帀，蔽我君王，重葩累繡，沓璧連璋，飾以文錦，映以流黃，畫以古烈，顒顒昂昂，蕃后宜之，壽考無疆，」此喻梁王居蕃屏之任，爲磐石之宗，被飾厥文，如讀桑扈諸什。篇末著美詞以當頌，自是古賦之流。以上諸賦，皆爲承命之作，或藉以揄揚君德，或藉以發攄性情，無非冀博君王之一粲，情旨甚深。劉開論駢體書曰「枚乘抽其緒，鄒陽列其綺，」夫豈誣哉。至王氏條列一韻，兩韻，三韻，或四五韻，以次遞增，亦不過示以程式而已。夫賦爲韻文，雖篇幅有短長，意義有單複，而既旨在諷誦，則轉合唯在自然，而初無定則之可言也。

劉安屏風賦　安爲淮南厲王長子，因木有自然奇怪之形，連合爲屏風，譬世有遺棄之材，遭時見用，藉以自廣其意。其詞曰，「維兹屏風，出自幽谷，根深枝茂，號爲高木，孤生陋弱，畏金強族，」言木孤生之時，資雖陋弱，以能避斧斤之害，故得漸至高大也。又曰「移根易土，委伏溝瀆，飄颻殆危，靡安措足，思在蓬蒿，林有樸樕，然常無緣，悲愁酸毒，天啓我心，遭遇徵祿，中郎繕理，收拾捐朴，」言棄捐溝壑，已爲廢材，人所不顧，中郎爲淮南之臣，迺收錄之，本爲既墮之翮，倏忽而生羽翰，無端欲燼之灰，吹噓而送溫暖，獲成器用，亦意中事耳。又曰「大匠攻之，刻雕削斲，表雖裂剝，心實貞慤，」猶用人當略其外貌而取其中心也。又曰「等化無類，庇蔭尊屋，列在左右，近君頭足，賴蒙成濟，其恩弘篤，何恩施遇，分好沾渥，不逢仁人，永爲枯木，」言既成爲器，且獲近君，不啻枯木寒崖，都生燠氣，隨手敍來，既深冀君心之愛，復私幸君遇之隆，情之所發，故令人感眞。

中山王文木賦　魯恭王得文木一枚，伐以爲器，意甚玩之，中山王爲賦，恭王大悅，顧盼而笑，賜駿馬二匹。其詞曰，「麗木離披，生彼高崖，拂天河而布葉，橫日路而擢枝，」言是木託根甚高也。又曰「幼雛羸鷇，單雄寡雌，紛紜翔集，嘈嗷鳴嚎，載重雪而梢勁，風將等歲於二儀，」言是木歷歲滋久，此其所以異於衆材也。又曰「巧匠不識，王子見知，乃命班爾，載斧伐斯，」是處特提王子見知，以下即從此生出許多文章來，是爲前後過峽。又曰「隱若天開，豁如地裂，花葉分披，條枝摧折，既刊見其文章，或如龍盤虎踞，復似鸞集風翔，青緺紫綬，環璧珪璋，重山累嶂，連波疊浪，奔電屯雲，薄霧濃雰，麏宗驥旅，雞族雉羣，蠋繡鴦錦，蓮藻芰文，色比金而有裕，質參玉而無分，裁爲用器，曲直舒卷，修竹映池，高松植巘，」以上分作三層寫，始言其文采陸離，繼言其質料貞實，終言其枝幹巨細，長短曲直，隨所用而咸宜，著色處亦甚綿麗。又曰「制爲樂器，婉轉蟠紆，鳳將九子，龍導五駒，制爲屏風，鬱茀穹隆，制爲杖几，極麗窮美，制爲枕案，文章璀璨，彪炳煥汙，制爲盤盂，采現跔蹶，猗歟君子，其樂只且，」末段又分作樂器、屏風、杖几、枕案、盤盂五層寫，正見各適其用，非若呫嗶諸儒，盡爲墨瀋所醒，無復表見之路者，末乃歸美於樂只，頗得雍容揄揚之致，則賦也而兼頌義矣。

司馬相如大人賦　周衰文盛，始尙詞藻，楚漢逐鹿，爭戰相仍，文藝中輟，賈誼枚乘出，西漢彬彬乎風雅矣。蜀郡相如，集賈枚之大成，合國策楚詞之奇變，嗣因狗監之薦，拜孝文園令，天子既美子虛之事，相如見上好僊道，因曰上林之事未足美也，迺奏大人賦。其詞曰，「世有大人兮，在於中州，宅彌萬里兮，曾不足以少留，悲世運之迫隘兮，揭輕舉而遠游，」遠游二字是一篇之綱。首三句言遠游之故。「垂絳幡之素蜺兮，載雲氣而上浮，見格澤之長竿兮，總光耀之采旄，垂旬始以爲幓兮，抴彗星而爲髾，掉指橋以偃蹇兮，又旖旎以招搖，」素蜺雲氣六句插二句以形容之。「攬攙搶以爲旌兮，靡屈虹而爲綢，紅杳渺以眩湣兮，猋風涌而雲浮，」攙搶屈虹二句又插二句以形容之。以下序龍駕是一段，役從神仙是一段，周游天下是一段，古奧瑰奇，另是一種筆仗。又曰，「回車揭來兮，絕道不周，會食幽都，呼吸流瀣餐朝霞兮，噍咀芝英兮嘰瓊華，嬐侵潯而高縱兮，紛鴻涌而上厲，貫列缺之倒景兮，涉豐隆之滂沛，馳游道而修降兮，鶩遺霧而遠逝，迫區中之隘陝兮，舒節而出乎北垠，遺屯騎於玄闕兮，軼先驅於寒門，下崢嶸而無地兮，上寥廓而無天，視眩眠而無見兮，聽惝恍而無聞，乘虛無而上假兮，超無友而獨存，」此段言飄然上征，是賦無首無尾，意到筆隨，頗得高唐神女之遺，第宋玉合二篇而爲一篇，此賦迺以一篇而含二體，故讀之飄飄有淩雲氣游天地間意。馬班二史詳載於其列傳，亦主於以文傳人也。劉彥和文心雕龍風骨篇曰，相如賦仙，氣號淩雲，蔚爲詞宗，迺其風力遒也，洵能鑒斯要哉。

司馬相如長門賦　孝武皇后坐女子楚服等爲皇后巫蠱祠祭咒詛，罷退長門，愁悶悲思，聞相如工爲文，奉黃金百斤，爲與文君取酒，相如迺爲文以悟之。其詞曰，「夫何一佳人兮，步逍遙以自虞，魂踰佚而不返兮，形枯槁而獨居，言我朝往而暮來兮，飲食樂而忘人心，慊移而不省故兮，交得意而相親，伊予志之慢愚兮，懷眞慤之懽心，願賜問而自進兮，得尙君之玉音，奉虛言而生誠兮，期城南之離宮，」以上摹寫獨處離宮，奉君虛言，望爲誠實，一種望君臨幸之情，與山鬼窮極愁怨，而終不忘君臣之義，口吻絕肖。又曰「浮雲鬱而四塞兮，天窈窕而晝陰，雷殷殷而響起兮，聲象君之車音，飄風迴而赴閨兮，擧帷幄之襜襜，桂樹交而相紛兮，芳酷烈之誾誾，孔雀集而相存兮，玄猿嘯而長吟，」此即山鬼雷塡雨冥，猨啾狖鳴之義也。以下歷敍離宮之雕飾，思之至切，至無聊而細望，則又徒見日落空堂，月照洞房，迺不獲已援雅琴以奏愁曲，亦猶湘君望夫君兮未來，吹參差兮誰思之遺也。又曰「揄長袖以自翳兮，數昔日之愆殃，無面目之可顯兮，遂頽思而就牀，忽寢寐而夢想兮，魄若在君之旁，惕寤覺而無見兮，魂迋迋若有亡，衆雞鳴而愁予兮，起視君之精光，觀衆星之行列兮，畢昴出於東方，望中原之藹藹兮，若季秋之降霜，夜曼曼其若歲兮，懷鬱鬱其不可再，更澹偃蹇而待曙兮，荒亭亭而復明，妾人竊自悲兮，究年歲而不敢忘」以上敍長夜之相思，由省過而就牀，由入夢而見君，由聞雞而起視星月，此卽離騷長夜曼曼不眠極曙之遺也。論者謂是賦非相如所作，其詞細麗，蓋張平子之流，近於肌說，顧絳且謂陳后後幸，本無其事，不知文學中本有造境之作，楚詞寄深寫遠，往往非實事實物，所可比合，曹丕敍離騷曰，優游按衍，屈平尙之，窮極高妙，相如之長也，知言哉。

司馬相如哀二世賦　相如上書諫獵，上以爲善，還過宜春宮，復奏賦以哀二世行失也，其詞曰，「登陂池之長阪兮，坌入曾宮之嵯峨，臨曲江之隑州兮，望南山之參差，巖巖深山之谾谾兮，通谷谾兮谽谺，汩淢噏習以永逝兮，注平皐之廣衍，視衆庶之蓊薆兮，覽竹林之榛榛，東馳土山兮，北揭石瀨，」首段流覽山川，徘徊瞻眺，忽然感生，正愜情景。「彌節容與兮，歷弔二世，持身不謹兮，亡國失勢，信讒不寤兮，宗廟滅絕，嗚呼哀哉，操行之不得兮，墳墓蕪穢而不修兮，魂無歸而不食，夐邈絕而不齊兮，彌久遠而愈佅，精罔閬而飛揚兮，拾九天而永逝，嗚呼哀哉，」感傷社屋，黯然不愉。詩人悽怛之詞所繇作也。此賦語短而意長，純祖離騷，劉彥和文心雕龍哀弔篇曰，相如之弔二世，全爲賦體，桓譚以爲其言惻愴，讀者歎息之情勝也。

司馬相如美人賦　相如爲郎，會景帝不好詞賦，孝王來朝，齊人鄒陽淮陰枚乘之徒，相如見而悅之，因病免，客游梁，鄒陽卽從而譖之，曰，相如美則美矣，然服色容冶，妖麗不忠，將欲媚詞取悅，遊王後宮，王不察之乎，王遂疑相如好色，相如迺奏美人賦。是賦首言臣非好色之徒，及慕義東來之故，中迺用宋玉諷賦之意，撫幽蘭白雪之曲，摹玉牀橫陳之詞，其詞麗以淫，末言臣迺氣服於內，心正於懷，信誓旦旦，秉志不回，翻然高舉，與彼長辭，諧戲中又說得極莊雅。或謂美人者，相如自謂也，詩人騷客，所稱美人，蓋以才德爲美，相如迺託其容體都冶以自媚於世，而譏其爲鄙，或據西京雜記云，文君眉色如望遠山，臉際常若芙蓉，肌膚如脂，相如素有渴疾，作此賦以自刺，且卒以是疾死，而譏其蕩行，皆非也。白虎通諫有五，一曰諷諫，諷也者，謂君父有闕而難言之，或託與詩賦以見乎詞，或假借他事以序其意，冀有所悟而遷於善，相如是賦，卽宋玉諷賦之旨也。且詞藻尤復相似，太史公相如傳贊曰，相如雖多虛詞濫說，然其要歸引之節儉，此與詩之風諫何異，旨哉斯言。

董仲舒士不遇賦　涑水司馬氏曰，漢景帝時榮太子廢，其次河間獻王最長，若屬重器，帝王之治可以復還，仲舒，醇儒也，道必遇合，景帝舍嫡立徹，蓋天意也，武帝好名亡實，卒爲公孫弘所嫉，擯棄勿用，故作士不遇賦以自廣其意。其詞曰，「嗚呼嗟乎，遐哉邈矣，時來曷遲，去之速矣，屈意從人，非吾徒矣，正身俟時，將就木矣，悠悠偕時，豈能覺矣，心之憂歟，不期祿矣，皇皇匪寧，祇增辱矣，努力觸籓，徒摧角矣，不出戶庭，庶無過矣，」首一段三見時字，言時去甚速，俟時徒嗟無成，偕行又豈能覺，以見時之爲義甚大，卽以易言「不出戶庭无咎」立一篇之主旨。一節言時當末俗，變亂是非，出門不可偕往，藏器亦豈不容，卽以易言「洗心退藏」伸前進退維谷意。又一節，言隨光非湯伐桀，自沈瀘水，夷齊恥食周粟，餓死首陽，生當殷周盛時，猶不遇若此，況其他乎，若子胥浮江，屈原投汨，復何所顧，今不能同數子之殺身，將慕遠遊而去國，復以易言「君子於行三日不食」爲荒淫疾行之戒。又曰「嗟天下之偕違兮，悵無與之偕返，孰若返身於素業兮，莫隨世而輪轉，雖矯情而獲百利兮，復不如正心而歸一善，紛旣迫而後動兮，豈云稟性之惟褊，昭同人而大有兮，明謙光而務展，遵幽昧於默足兮，豈舒釆而蘄顯，苟肝膽之可同兮，奚鬚髮之足辨也，」言與其矯情而獲利，不如正心而歸善，復以「同人大有謙光」等自爲敕厲，蓋仍持正誼明道之本論，其德性堅定若此。結語所云「索於形骸之內，不求於形骸之外，」是迴顧首段正身之本旨，通篇擬楚騷之句度，擷羲經之菁英，讀之如見古大儒性情，彼意緒窘淺者，何足以語此。

司馬遷悲士不遇賦　遷出游名山大川，道梁楚以歸，稍遷郎中，奉使巴蜀，本初中爲太史，嗣父職，位丞相上，遇亦隆矣，會李陵降匈奴，武帝怒甚，遷極言陵忠，迺下腐形，其所作悲士不遇賦，蓋在是時耳。其詞曰「悲夫士生之不辰，愧顧影而獨存，恆克己而復禮，懼志行而無聞，諒才韙而世戾，將逮死而長勤，雖有形而不彰，徒有能而不陳，何窮達之易惑，信美惡之難分，世悠悠而蕩蕩，將遂屈而不伸，」此非嗟卑歎老之言，明係涕俗嫉時之語，而一種孤危蕭颯神情，躍然紙上。又曰「使公於公者，彼我同兮，私於私者，自想悲兮，天道微哉，（文選注十五引天道悠昧疑即此句）吁嗟闊兮，人理顯然，相傾奪兮，」方遷爲陵進說之時，與馮唐稱魏尙何異，迺一言未察，刑禍隨之，而遷可爲陵明心迹，誰復爲遷頌隱情，故張馮列傳，子長有自悼之微指也。公私渾殽，天人莫測，俱於言外得之。末言「古人惟恥，朝聞夕死，孰云其否，逆順還周，乍沒乍起，理不可據，智不可恃，無造福先，無觸禍始，委之自然，終歸一矣」愈見景武之間，漢網苛密，世無馮唐長者，只可委之自然，蓋所感者深矣。厥後淵明亦作感士不遇賦，涑水司馬合三子而評之，特謂子長文士之靡耳，貪顯富貴，何謂不遇也，亦淺視乎子長矣。

劉歆遂初賦　歆少通詩書，能屬文，成帝召爲黃門侍郎，中壘校尉，侍中奉車都尉，光祿大夫，夙好左氏春秋，欲立於學宮，諸儒不聽，歆乃移書太常博士，責讓深切，爲大臣所嫉，求出補吏，爲河內太守，又以宗室不宜典三河，徙守五原，是時朝政多失，歆以論議見擯，志意不得，乃之官，歷經故晉之域，感今思古，遂作斯賦，以嘆往事而寄己意。首段歷敘己之履行，以見顯仕之初，君門無壅，接敘登進涂雜，賢佞不分，懼而求出，因歷周秦故境，嘆仁暴之不同，復因晉以傷漢，見方正之難合，其詞曰「昔仲尼之淑聖兮，竟隘窮乎蔡陳，彼屈原之貞專兮，卒放沈於湘淵，何方直之難容兮，柳下黜而三辱，蘧瑗抑而再奔兮，豈材知之不足，揚蛾眉而見妬兮，固醜女之情也，曲木惡直繩兮，亦小人之誠也，以夫子之博觀兮，何此道之必然，空下時而曤世兮，自命己之取患，」歷言賢才被屈，前世已然，以喻己之出處。其下因過晉陽，再申前意，備述世家專權，傷感五原景物，登山臨水，以寄其君國之慨，睠懷舊都，似出哀郢。又曰「旣邕容旣以自得兮，唯惕懼於竺寒，攸潛溫之玄室兮，滌濁穢於太淸，反情素於寂漠兮，居華體之冥冥，玩書琴以條暢兮，考性命之變態，運四時而覽陰陽兮，總萬物之珍怪，雖窮天地之極變兮，曾何足乎留意，長恬淡以懽娛兮，固聖賢之所喜，」劉彥和曰，歆遂初賦，歷敍於紀傳，漸漸綜括矣，然紀敍之中，情詞亹亹，頗自知在己者當處之位，使果能守此寂漠恬淡之旨，安見不爲聖賢之所喜，迺貿然爲莽之國師，屈身不惜，文學雖盛，何足道哉。此顏氏家訓文章篇所以譏其反覆莽世也。

梁竦悼騷賦　梁敬叔嘗登高遠眺，嘆曰，大丈夫處世，生當封侯，死當廟食，否則閒居以養志，詩書以自娛，著書曰七序。班固見之，曰，孔子作春秋而亂臣賊子懼，梁竦作七序而竊位素餐者悲，其志之高遠可知。明章閒累辟不就，後坐兄松事，與弟恭俱徙九眞，旣徂南土，歷江湖，濟沅湘，感悼子胥屈原以非辜沈身，迺作悼騷賦，繫玄石而沈之。其賦首敍仲尼佐魯，伊尹輔殷，以見古昔盛時，皆得君以成其志，然後轉到子胥浮江，屈原投汨，與董賦終慕遠遊，同一傷時之作。中復備述人亡邦瘁之故，悼胥屈以自悼，其言曰，「何爾生不先後兮，唯洪勳以遐邁，服荔服如朱紱兮，騁鸞路於犇瀨，歷蒼梧之崇丘兮，宗虞氏之俊乂，臨衆瀆之神林兮，東敇職於蓬碣，祖聖道而垂典兮，褒忠孝以爲珍，旣匡救而不得兮，必殞命而後仁，唯賈傅其達指兮，何物生之敗眞，彼皇麟之高舉兮，熙太淸之悠悠，臨岷川以愴恨兮，指丹海以爲期，」一情詞悱愴，多由楚詞中淸白死直，前聖所厚，不周左轉，西海爲期等句所蟺變而成者也。故一種欝悒侘傺之情，俱於言外得之。

桓譚仙賦　揚子雲工賦，王君工劍，桓譚從二子學，雄曰，讀千賦則善賦，君大曰，觀千劍則曉劍，諺曰，習伏衆神，巧者不過習者之門，及爲郎，從成帝出祠甘泉河東見部（案部舊誤作郊今依北堂書鈔引改）先置華陰集靈宮，宮在華山下，武帝所造，欲以懷集仙者，王喬赤松子，故名殿爲存仙，端門南向山，署曰望仙門，竊有樂高眇之志，卽書壁爲小賦，以頌美曰，「夫王喬赤松，呼則出故，翕則納新，夭矯經引，積氣關元，精神周洽，鬲塞流通，乘淩虛無，洞達幽明，諸物皆見，玉女在旁，仙道旣成，神靈攸迎，乃驂駕青龍赤騰，爲歷躇玄厲之摧嶵，有似乎鸞鳳之翔，飛集於膠葛之宇，泰山之臺，吸玉液，食華芝，漱玉漿，飲金醪，出宇宙，與雲浮，灑輕霧，濟傾崖，觀滄川而升天門，馳白鹿而從麒麟，周覽八極，還崦華壇，氾氾乎，濫濫乎，隨天轉旋，容容無爲，壽極乾坤，」其設想造詞，源出楚騷，彼則鳳皇騏驥，可供馳驅，此則白鹿青龍，可供驂駕也，彼則蘭露菊英，可供餐飽，此則玉液華芝，可供吸食也，彼則相觀四極，與天周流，此則周覽八極，隨天斡旋也，此亦文學中所謂造境也。

崔篆慰志賦　舒之子以明經徵詣公車，太保甄豐荐爲步兵校尉，嗣以兄幸於莽，復爲建新大尹，嘆曰，吾生無妄之世，値澆羿之君，上有老母，下有兄弟，安得獨潔己而危所生哉。建武初，朝士多荐之者，篆自以宗門受莽僞寵，慚愧漢朝，遂辭歸不仕，客居滎陽，臨終作賦以自悼，名曰慰志。通篇以修德爲主，腦首言修德獲報，天祚攸適，再折轉到漢祚中微，家門柄制，憚天威之逼迫，悼我生之殲夷，一種不忍不言，而又不忍明言之故，與夫不能不去，而又不能遽去之情，欝悒於中，故其詞特悽惻，追稱疾求去，三祀始許，愧心至此，蓋少釋矣。其言曰「悠輕擧以遠遯兮，託峻峗以幽處，竫潛思於至賾兮，騁六經之奧府，皇再命而紹卹兮，乃云眷乎建武，運欃槍以電掃兮，淸六合之土宇，聖德滂以橫被兮，黎庶愷以鼓舞，闢四門以博延兮，被幽牧之我擧，分畫定而計決兮，豈云賁乎鄙耇，遂懸車以縶馬兮，絕時俗之進取，嘆暮春之成服兮，闔衡門以掃軌，聊優游以永日兮，守性命以盡齒，貴啓體之歸全兮，庶不忝乎先子。」建武嗣統，不遺鄙耇，終以慙德未忘，甯晦瑣運，蓋天良之未泯者，末乃眷眷於啓體，頗知全歸之孝，重在守身不忝先子云云，亦正見前此之難免，自幸語，亦自愧語。讀吳梅村病中有感詞，其亦同此痛苦也夫。

馮衍顯志賦　年二十，博通羣書，莽時，諸公多荐舉之，辭不肯仕。明帝復興，懲西京外戚賓客，繇此得罪，詔赦不問，西歸故郡，不敢復與親故通，建武末上疏自陳，猶以前過不問，不得志退而作賦以自厲，命其篇曰顯志。顯志者，言光明風化之情，昭章玄妙之思也。彥和謂其坎壈盛世，顯志自序，亦蚌病成珠矣。是賦首言春日西征，詳述經過，以寄其懷古傷今之慨，因歷觀九州山川之體，追覽上古得失之風，愍道德之淪亡，爲睹其終，必原其始，故存其人而詠其道，疆理九野，經營五山，眇然有思淩雲之意，一路敍來，甚有遠致，入後尤引人入勝。其詞曰，「纂前修之夸節兮，曜往昔之光勳，披綺季之麗服兮，揚屈原之靈芬，」此即楚詞謇吾法夫前修之意，借綺季以引起屈原，故衍欲揚其靈芬也。「高吾冠之岌岌兮，長吾佩之洋洋，」此即楚詞高吾冠之岌岌長吾佩之陸離也。「飲六醴之精液兮，食五芝之茂英，」此即楚詞飲木蘭之墜露餐秋菊之落英也。「揵六枳而爲籬兮，樂蕙若而爲室，播蘭芷於中庭兮，列杜衡於外術，攢射相雜蘼蕪兮，構木蘭與新夷，光扈扈而煬燿兮，紛郁郁而暢美，華芳曄其發越兮，時恍惚而莫貴，非惜身之埳軻兮，憐衆美之憔悴，」枳離蕙室，蘭芷杜衡，皆喩有令德者。以下即楚詞惟茲佩之可貴，委厥美而歷茲也。「游精神於大宅兮，抗玄妙之常操，處清靜以養志兮，實吾心之所樂，」即湘君逍遙容與之旨「山峨峨而造大兮，林冥冥而暢茂，鸞回翔索其羣兮，鹿哀鳴而求其友，」即九辯寂寞絕端之旨。「誦古今以散思兮，覽聖賢以自鎮，嘉孔丘之知命兮，大老聃之貴玄，德與道其孰寶兮，名與身其孰親，陂山谷而閒處兮，守寂寞而存神，夫莊周之釣魚兮，辭卿相之顯位，於陵子之灌園兮，以至人之髣髴，蓋隱約而得道兮，羌窮悟而入術，離塵垢之窈冥兮，配喬松之妙節，唯吾志之所庶兮，固與俗其不同，既倜儻而高引兮，願以觀其從容，」人有恆言，善讀書者取其意，衍取屈子之意，運屈子之詞，揚屈靈以顯己志，其援孔丘老聃莊周於陵等爲況，亦正與楚詞法前修之意相合，當與孟堅幽通平子思玄等篇參覽。

班婕妤擣素賦　彪之姑也，爲成帝婕妤，漢後宮十四等婕妤，視上卿三夫人之位也。古者后夫人親蠶分繭繅絲，朱綠之，玄黃之，以備君之祭服，君服之以事天地祖宗，敬之至也。成帝耽於酒色，政事廢弛，婕妤貞靜而失職，故託賦擣素以見意。漢賦中女子之作者甚少，故特錄其全篇，其詞曰，「測平分以知歲，酌玉衡之初臨，見禽華以麃色，聽霜鶴之傳音，佇風軒而結睇，對愁雲之浮沈，雖松柏之貞脆，豈榮彫其異心」首從感時說起，以明物性雖不同，而其感時則（一）「若乃廣儲懸月，暉水流清，桂露朝滿，涼衿夕輕，燕姜含蘭而未吐，趙女抽簧而絕聲，改容飾而相命，卷霜帛而下庭，曳羅裙之綺靡，振珠珮之精明，」此言聲音未暇，有事女工卷帛下庭，因時而起，言近而旨微。「若乃眄睞生姿，動容多製，弱態含羞，妖風靡麗，皎若明魄之升崖，煥若荷華之昭晰，調鉛無以玉其貌，凝朱不能異其脣，勝雲霞之邇日，似桃李之向春，紅黛相媚，綺組流光，笑笑移妍，步步生芳，兩靨如點，雙眉相張。頹肌柔液，音性閑良，」此段純摹下庭時狀態，節次敍來，神采流麗，然後折轉擣字，格外有力。「於是投香杵，扣玟砧，擇鸞聲，爭鳳音，梧因（一作松）虛而調遠，桂由（一作石）貞而響沈，散繁輕而浮捷，節疏亮而清深，含笙總筑，比玉兼金，不壎不篪，匪瑟匪琴，或旅環而紆鬱，或相參而不雜，或將往而中還，或已離而復合，翔鴻為之徘徊，落英為之颯沓，調非常律，聲無定本，任落手之參差，從風飆之遠近，或連躍而更投，或暫舒而長卷，清寡鸞之命羣，哀離鶴之歸晚，苟是時也，鍾期改聽，伯牙弛琴，桑閒絕響，濮上傳音，蕭史編管以擬吹，周王調笙以象吟，」此段先以琴瑟笙笛襯杵音之自然，繼以分合低昂，狀杵音之哀怨，終以蕭史周笙，擬擣聲之不同凡響，其詞細麗，不滅平子之流。「若乃窈窕姝妙之年，幽閒貞專（一作靜專之性，符皎日之心，甘首疾之病，歌采綠之章，發東山之詠，望明月而撫心，對秋風而掩鏡，闓綾練之初成，擇玄黃之妙匹，準華裁於昔時，疑形異於今日，想嬌奢之或至，許椒蘭之多術，薰陋製之無韻，慮蛾眉之爲愧，懷百憂之盈抱，空千里兮飲淚，侈長袖於妍袂，綴半月於蘭襟，表纖手於微縫，庶見跡而知心，訊沿路之遐夐，怨芳菲之易泄，一作絕書既封而重題，笥已緘而更結，慙行客而無言，還空房而掩咽，」幽閒貞專四字，爲斯賦本恉，與前音性閒良相應，文義豔發，無輕纖之色，犯其筆端，且深合小雅怨悱不亂之義。後來寒砧擣衣諸名作，多脫胎於此。末段如怨如慕，思寄行客以達心，復以爲嫌而不敢，殆所謂發乎情，止乎禮義者邪。

班彪北征賦　彪遭莽亂，去京師，往天水歸隗囂，囂不禮，往河西依竇融，融勸歸光武，光武問曰，北來文章，所奏誰作，答云，班彪也，遂舉茂才，爲徐令，後爲望都長。流別論曰，更始時彪辟難涼州，發長安，至安定，作北征賦，予嘗誦之，而知其麗詞奧旨，無一不導源於風騷也，其曰「余遭世之顛覆兮，罹塡塞之阨災，舊室滅以邱墟兮，曾不得乎少留，遂奮袂以北征兮，超絕迹而遠游，」此從王風黍離魏風碩鼠諸篇，衍化出來。佗如「慕公劉之遺德，及行葦之不傷，彼何生之優渥，我獨罹此百殃，」以及

「非天命之靡常，赫斯怒以北征，駢遲遲以歷茲，覩牛羊之下來，寤怨曠之傷情，哀詩人之歎時，」亦莫非剿范葩經而成。至於「朝發軔於長都兮，夕宿瓠谷之玄宮，」即騷之朝發軔於天津，夕余至乎西極也。「紛吾去此舊都兮，騑遲遲以歷茲，」即騷之紛吾乘兮玄雲，喟憑心而歷茲也。「釋余馬於彭陽兮，且弭節而自思，」即騷之步余馬於蘭皋，吾令羲和弭節也。「越安定以容與兮，遵長城之漫漫，」即騷之遵赤水而容與，路曼曼其修遠也。「攬余涕以於邑兮，哀生民之多故，」即騷之氣於邑而不止，哀生人之長勤也。其餘「超絕迹而遠游，」即騷之願輕舉而遠游，「歷雲門而反顧，」即騷之忽反顧而游目。「聊須臾以婆娑，」即騷之何須臾而忘反。「野蕭條以莽蕩，」即騷之山蕭條而無獸。「夫何陰曀之不陽，」即騷之日陰曀其將暮。「永伊鬱其誰愬，」即騷之獨鬱結其誰語。蛻化之迹，不難一一推尋。西京詞賦，摹擬風騷，所以氣息渾厚者在此，叔皮是作，殆不減西京風韵焉。其亂章云，「夫子固窮，游藝文兮，樂以忘憂，唯聖賢兮，達人從事，有儀則兮，行止屈申，與時息兮，君子履信，無不居兮，雖之蠻貊，何憂懼兮，」寫得入情入理，紀游之作，化爲精義曲隱之文，眞神品也。

曹大家東征賦　彪女，名昭，字惠姬，年十四，聘曹世叔，和帝數召入宮，令皇后貴人師事之，號曰大家。大家集曰，子穀為陳留長，隨至官，作東征賦，流別論曰，發洛至陳留，述所經歷也。論者謂北征賦仿離騷遠游，大家擬之而作東征賦。其詞曰，「唯永初之有七兮，余隨子乎東征，時孟春之吉日兮，撰良辰而將行，乃舉趾而升輿兮，夕余宿乎偃師，遂去故而就新兮，志愴恨而懷悲，明發曙而不寐兮，心遲遲而有違，酌罇酒以弛念兮，喟折情而自非，諒不登櫟而椓蠡兮，得不陳力而相追，且從容而就列兮，聽天命之所歸，遵通衢之大道兮，尤捷徑欲從誰，乃遂往而徂逝兮，聊游目而遨魂。」以上自敍東征之繇，多占身分語。「歷七邑而觀覽兮，遭鞏縣之多艱，望河洛之交流兮，看成皋之旋門，既免脫於峻嶮兮，歷滎陽而過養，食原武之息足兮，宿陽武之桑間，涉封邱而踐路兮，慕京師而竊歎，小人性之懷土兮，自書傳而有焉，遂進道而少前兮，得平邱之北邊，入匡郭而追遠兮，念夫子之厄勤，彼衰亂之無道兮，乃困畏乎聖人，悵容與而久駐兮，忘日食而抨昏，到長垣之境界，察農野之居民，睹蒲城之邱墟兮，生荊棘之榛榛，惕覺寤而顧問兮，想子路之威神，衛人嘉其勇義兮，訖於今而稱云，蘧氏在城之東南兮，民亦尚其邱墳。」以所歷征途為賦，而刺取古人之事，羅絡其中，極整齊又極排宕名理層闢，直使才人韜筆。「唯令德為不朽兮，身既沒而名存，唯經典之所美兮，貴道德與仁賢，吳札稱為君子兮，其言信而有徵，後衰微而遭患兮，遂陵遲而不興，知性命之在天，由力行而近仁，勉仰高而蹈景兮，盡忠恕而與人，好正直而不回兮，精誠通乎明神，庶靈祇之鑒照兮，祐貞良而輔信。」援古以諷今，內情雅懿，外體高安自是儒者身分，讀者不知其爲女士母師。其亂章曰「君子之思，必成文兮，盍各言志，慕古人兮，先君行止，則有作兮，雖其不敏，敢不法兮，貴賤貧富，不可求兮，正身履道以俟時兮，修短之運，愚智同兮，靖恭委命，唯吉凶兮，敬慎無怠思嗛約兮，清靜少欲，師公綽兮。」揭明法先君行止，父言歸本於履信思順，女言歸本於正身履道，皆有得乎義孔之精義，何義門云，安仁西征，託體班氏父子，文詞不妨代興，而所學則非矣，信哉。

班固幽通賦　彪長子，九歲能文，及長，博通典籍，明帝時典校祕書。嘗讀其所作兩都賦，設詞問答，極衆人之所眩曜，其所作幽通賦，論者謂本之離騷鵩鳥，漢書曰，班固作是賦，以致命遂志，幽通者，謂與神遇也，是賦歷溯先烈純淑，期守世業，夢與神通，恭承靈訓，中敍先世善惡之迹，與後嗣禍福之遺，惠吉逆凶，天道不爽，此卽董賦憂喜聚門之旨，亦卽離騷衆兆所咍之義也。其詞曰「所貴聖人至論兮，順天性而斷誼，物有欲而不居兮，亦有惡而不避，守孔約而不貳兮，乃輶德而無累，三仁殊於一致兮，夷惠舛而齊聲，木偃息以蕃魏兮，申重繭以存荊，紀焚躬以衞上兮，皓頤志而弗傾，侯草木之區別兮，苟能實其必榮，要沒世而不朽兮，乃先民之所程，觀天網之紘覆兮，實棐諶而相訓，謨先聖之大猷兮，亦鄰德而助信，虞韶美而儀鳳兮，孔忘味於千載，素文信而底麟兮，漢賓祚於異代，精通靈而感物兮，神氣動而入微，養流睇而猿號兮，李虎發而石開，非精誠其焉通兮，苟無實其孰信，操末技猶必然兮，矧耽躬於道眞，登孔昊而上下兮，緯羣龍之所經，朝貞觀而夕兮化，猶諠己而遺形，若胤彭而偕老兮，訴來哲而通情。」案沒世不朽六句，卽申前「眘谷勿墜」之義，虞韶儀鳳四句，言其必通之故也，精靈感物四句，言其通幽之故也。末段發揮通幽精義，抉奧而入，掀眉而出，頗得周易繫辭之旨，然論通篇體勢，祕解泉流，奇文葩爛，仍擬楚詞之儀表，其言「系高頊之玄胄兮，氏中葉之炳靈，」猶楚詞帝高陽之苗裔兮，朕皇考曰伯庸也。其言「既訊爾以吉象兮，乃申之以炯戒，」猶楚詞既替予以蕙纕兮，又申之以檻茝也。其言「豈余身之足殉兮，違世業之可懷，」猶楚詞豈余身之憚殃兮，恐皇輿之敗績也。此等句法，多由模擬而來，殆漢人所謂楚聲乎，張惠言曰，平敞通洞，博廣而中大，大而無瓠，孫而無弧，指事類情，必偶其徒，則班固之爲也，其原出於相如。」

張衡思玄賦　兩漢作賦之才，幾於車載斗量，求其數術窮天地，制作侔造化，唯平子一人，其天象賦，過於揚子雲，其思玄賦，識埒於班孟堅，思玄何爲而作也，順和之間，內豎顓恣，平子欲言政事，爲所讒蔽，志意不得，欲游六合之外，勢旣不能，但思其玄遠之道，以申其志，按自宣帝徵能爲楚詞，於是枚賈追風以入麗，揚馬沿波而得奇，卽班固亦云離騷爲詞賦宗，後世莫不斟酌其英華，則象其從容，況夫情兼雅怨，藉抒其憤悶不平之志，尤屬相宜邪，平子是賦，亦多衣被於此。其曰「伊中情之信修兮，慕古人之貞節，」卽楚詞苟中情其好修，又原生受命於貞節也。「竦余身而順止兮，遵繩墨而不跌，」卽楚詞遵繩墨而不顧也。「纗幽蘭之秋華兮，又綴之以江蘺，」卽楚詞扈江蘺與薜芷兮，紉秋蘭以爲佩也。「何孤行之煢煢兮，孑不羣而介立，」卽楚詞旣惸獨而不羣也。「增煩毒以迷惑兮，嗟孰可爲言已，」卽楚詞獨便悁而煩毒，又中瞀亂兮迷惑也。「俗遷渝而事化兮，泯規矩之員方，」卽楚詞因時俗之工巧兮，偭規矩而致錯也。「唯天地之無窮兮，何遭遇之無常，」卽楚詞唯天地之無窮，哀人生之長勤也。「欲巧笑以干媚兮，非余心之所嘗，」卽楚詞處濁世而顯榮，非余心之所出也。「恃已知而華予兮，鶗鴂鳴而不芳，」卽楚詞歲旣晏兮孰華予，恐鶗鴂之先鳴，使夫百草爲之不芳也。「恐漸冉冉而無成兮，留則蔽而不彰，」即楚詞漸冉冉而不自知兮，又蹇淹留而無成也。「心猶豫而狐疑兮，即歧趾而臚情，」即楚詞欲從靈氛之吉占兮，心猶豫而狐疑也。「且余沐於清源兮，晞余髮於朝陽，」即楚詞朝濯髮於暘谷兮，晞余身乎九陽也。「漱飛泉之瀝液兮，咀石菌之流英，」即楚詞吸飛泉之微液兮，懷琬琰之華英也。「何道貞之淳粹兮，去穢累而飄輕，」即楚詞昔三后之純粹兮，又除穢累而反貞也。「飲青岑之玉醴兮，餐沆瀣以爲粻，」即楚詞飡六氣而飲沆瀣兮，漱正陽而含朝霞也。「哀二妃之未從兮，翩繽處彼湘濱，」即楚詞遭吾道於洞庭，又洞庭風兮木葉下也。「歘神化而蟬蛻兮，朋精粹而爲徒，」即楚詞濟江海於蟬蛻，又吸精粹而吐氣濁也。「逼區中之隘陋兮，將北度而宣遊，」即楚詞宣遊於列宿，順極於彷徨也。「望寒門之絕垠兮，縱余緤乎不周，」即楚詞踔絕垠於寒門，又登閬風而緤馬，及路不周以左轉也。其歌詞中「伏靈龜以負坻兮，亘螭龍之飛梁，」即楚詞麾蛟龍以梁津兮，詔西皇使詔余也。「屑瑤蘂以爲餱兮，斠白水以爲漿，」即楚詞精瓊爢以爲糧，又朝吾將濟於白水也。「抨巫咸作占夢兮，乃貞吉之元符，」即楚詞巫咸將夕降兮，懷椒糈而要之也。「豐隆輕其震霆兮，」即楚詞吾令豐隆乘雲也。「百神森其備從兮」即楚詞百神翳其備降也。「僕夫儼其正策兮，八乘騰而超驤，」卽楚詞僕夫懷余心悲，又撰余輿而正策，及駕八龍之蜿蜒也。「撫軨軹而還睨兮，心勺藥其若湯，」卽楚詞忽臨睨夫舊鄉，又涫沸其若湯也。「羨上都之赫戲兮，」卽楚詞陟登皇之赫戲也。「拽雲旗之離離兮，鳴玉鸞之譽譽，」卽楚詞載雲旗之委蛇，及鳴玉鸞之啾啾也。「涉靑霄而升遐兮，」卽楚詞涉靑雲而氾濫也。「猋回回其揚靈，」卽楚詞皇猋猋其揚靈也。「叫帝閽使闢扉兮，」卽楚詞吾令帝閽開闢也。「爛漫麗靡藐以迭逿，」卽楚詞沛罔象而自浮也。「淩驚雷之砊礚兮，弄狂電之淫裔，」卽楚詞淩驚雷軼駭電也。「踰龐鴻於宕冥兮，貫倒景而高厲，」卽楚詞貫蒙鴻以東竭，及颯弭節而高厲也。「雖游娛以媮樂兮，」卽楚詞聊假日而媮樂也。「出閶闔兮降天途，乘猋忽兮馳虛無，」卽楚詞倚閶闔而望予，及乘迴風而遠游也。「雲菲菲兮繞余輪，」卽楚詞雲菲菲而承宇也。「卷淫放之遐心，」卽楚詞神要眇以淫放也。「修初服之娑娑兮，長余佩之參參，」卽楚詞退將復修吾初服，及長余佩之陸離也。「苟中情之端直兮，莫吾知而不恧，」卽楚詞苟余情之端直，及國無人兮莫我知也。「默無爲以凝志兮，」卽楚詞超無爲以至情也。其餘「旌性行以製佩」卽楚詞折瓊枝以繼佩。「允塵邈而難虧」卽楚詞芳菲菲兮難虧。「偭前良之遺風」即楚詞竊慕詩人之遺風。「畏立辟以危身，」即楚詞甯正言不諱以危身。「斥西施而弗御，」即楚詞西施斥於北宮。「譬臨河而無航，」即楚詞魂中道而無航。「耀靈忽其西藏」即楚詞曜靈曄而西征。「時亹亹而代序，」即楚詞時亹亹而過中。「歷衆山以罔流」即楚詞歷衆山而日遠。「鵬鶚競於貪婪，」即楚詞皆競進以貪婪。「惄鬱悒其難聊，」即楚詞忳鬱邑余侘傺。「顝羈旅而無友」即楚詞廓落兮羈旅而無友。「魂憿惘而無儔，」即楚詞悵惘兮未思。「追荒忽於地底」即楚詞覽方物之荒忽。「速燭龍令執炬，」即楚詞日安不到燭龍何。「照志浩蕩而不嘉，」即楚詞怨靈修之浩蕩。「凍雨沛其灑塗」即楚詞使凍雨兮灑塵。「懲泱漻而爲清，」即楚詞切泱漻之流俗。蔣驥謂詩文有不從離騷出者，縱傳弗貴也，其信然邪。玩全篇意旨，以「利呰」二字爲褸領，利呰即肥遯也。俞云，如衆山二女等意，一一照應，九皋介鳥，乃遯上爻之象，有介然獨立高飛遠擧之意。玄鳥取玄字之義，母氏玄爲衆妙之門，以下歷言遯象，皆合筮義而言，所言將往走乎北荒，先往東方，次往南方，歷西方而終北方，亦玄之象。而以廓盪無涯一念收轉，此即母氏後寧之旨。黃靈訪命一段，尤爲前後樞紐，有線索，有歸宿，非茫無畔岸者比。論者謂班固幽通本離騷鴆鳥，而張衡擬之作是賦，蓋漢賦本尙因襲之風也。宋書謝靈運傳曰，平子豔發，文以情章，絕唱高蹤，久無嗣響，是眞深乎情者哉。

張衡歸田賦　平子仕不得志，欲歸於田，因以作也。是賦首言久滯京師，愧無智略佐君，既不爲蔡子之苟富貴，又不若屈原之自狷懟，以明不得不超然遠引之故。凡逍遙之遊，吟詠之趣，猶求之於外，於是迺反而潛心大業，求之於內，其詞曰，「於時曜靈俄景，係以望舒，極盤遊之至樂，雖日夕而忘劬，感老氏之遺誡，將迴駕乎蓬廬，彈五絃之妙指，詠周孔之圖書，揮翰墨以奮藻，陳三皇之軌模，苟縱心於物外，安知榮辱之所如，」自言道既不行，退而刪述自處，陳其軌模，以俟王者取法，而歸本於周易樞機之發，榮辱之主，以媲古聖賢窮愁著述，大有不忘情於斯世之懷。讀之，覺其音短而情長。

張衡髑髏賦　自宋玉夸飾過情，言涉虛幻，子雲益推宕無涯，而平子迺參之以致其幽，髑髏之作，卽本斯指。昔者莊周寓言，見空髑髏，擊以馬捶，援枕而臥，髑髏見夢，示以上無君，下無臣，與天地爲春秋，南面帝王，樂不是過。故平子託之以伸其意，並以髑髏卽爲莊周，設詞問答，仍襲高唐之制，入後述髑髏之言，益虛幻而無徵矣。其言曰：「死爲休息，生爲役勞，冬冰之凝，何如春冰之消，榮位在身，不亦輕於塵毛，巢許所恥，伯成所逃，况我已化，與道逍遙，離朱不能見，子野不能聽，堯舜不能賞，桀紂不能刑，虎豹不能害，劍戟不能傷，與陰陽同其流，與元氣合其樸，以造化爲父母，天地爲牀蓐，雷電爲鼓扇，日月爲燈燭，雲漢爲川池，星宿爲珠玉，合體自然，無情無欲，澄之不清，混之不濁，不行而至，不疾而速，於是言卒響絕，神光除滅，顧時發軫，乃命僕夫假之以縞巾，衾之以玄塵，爲之傷涕，酹於路濱」此等靈幻之思，殆即師莊周者。夫靈幻之思，總不外乎想像，想像之用，往往因虛即實，視死如生，光采益增，而情韵不匱，張惠言曰，張衡盱盱，塊而有餘，上與造物爲友，而下不遺埃壒，雖然，其神也充，其精也茶，其斯之謂歟。

蔡邕述行賦　述行賦何爲而作也，延熹三年秋，霖雨踰月，是時梁冀新誅，而徐璜左悺等五侯擅貴，復起顯陽苑於城西，民不堪命，白馬令李雲以直言死，鴻臚陳君以救雲抵罪，璜以邕能鼓琴，白朝廷敕陳留太守發遣邕到偃師，心憤此事，遂託所遇，述而成賦。自冒雨行洛一路寫來，低徊往迹，憑弔前徽，於敍事紀游中寓念亂傷時之意，其自美禹悼康以下，歷溯征途，一種霪雨晦冥，天路險艱之景象，懍乎其不可久留，令人有不能不往京邑之慨。其言曰：「皇家赫而天居兮，萬方徂而並集，貴寵扇以彌熾兮僉守利而不戢，前車覆而未遠兮，後乘驅而競及，窮變巧於臺榭兮，民露處而寢溼，消嘉穀於禽獸兮，下糠粃而無粒，宏寬裕以便辟兮，糺忠諫其侵急，懷伊呂而黜逐兮，道無因而獲入，唐虞眇其旣遠兮，常俗生於積習，周道鞠爲茂草兮，哀正路之日澀，觀風化之得失兮，猶紛挐其多違，無亮采以匡世兮，亦何爲乎此畿，甘衡門以寧神兮，詠都人而思歸，爰結蹤而迴軌兮，復邦族以自綏」既至之後，痛民生之無依，念皇都之不可久居，又令人有不能不生邦族之思，此純出乎涉江遠游之遺也。雖其渾樸深厚，少遜西京，而託詞淵永，亦東京之雅言也。

蔡邕青衣賦　論者謂是賦，志蕩詞淫，不宜玷簡册，且疑爲邕少年時所作，蓋讀張超誚青衣賦而誤會耳。夫木瓜溱洧將仲子兮諸篇，情虛搖蕩，不無相思之詞，而宓妃所在，下女可詒，楚詞亦未嘗不稱情而出，文藝中本有此境。邕賦青衣，亦不過謂卑微之中，恆有才德之彥，特託此以爲引起耳。其詞曰：「金生沙礫，珠出蚌泥，歎茲窈窕，產於卑微，盻倩淑麗，皓齒蛾眉，玄髮光潤，領如蝤蠐，修長冉冉，碩人其頎，綺繡丹裳，躡蹈絲屝，盤跚蹴蹀，坐起昂低，和暢善笑，動揚朱脣，都冶武媚，卓躒多姿，關雎之潔，不陷邪非，察其所履，世之鮮希。」夫曰窈窕，曰蛾眉，曰碩人，曰蝤蠐，曰關雎，皆取材於葩經也。前言容色之美，以喻才能之高。又曰：「宜作夫人，爲衆女師，伊何爾命，在此賤微，代無樊姬，楚莊晉妃，感昔鄭季，平陽是私，故因楊國，歷爾邦畿，雖得嫵婉，舒寫情懷，寒雪翩翩，充庭盈階，兼裳累鎭，展轉倒穨，盼昕將曙，雞鳴相催，飭駕趣嚴，將舍爾乖，矇冒矇冒，思不可排，停停溝側，皦皦青衣，我思遠逝，爾思來追，明月昭昭，當我戶扉，條風狎獵，吹予牀帷，河上逍遙，徙倚庭階，南瞻井柳，仰察斗機，非彼牛女，隔於河維，思爾念爾，惄焉且飢。」後言思念之殷，亦猶少司命望美人未來之意。通篇情致委婉，導源風騷，必謂其志卑意微，誣邕甚矣。

禰衡鸚鵡賦　正平少有才辯，矯時慢物，孔文舉嘗荐其才，曰：鷙鳥累百，不如一鶚，後送與黃祖，會長子射大會賓客，有獻鸚鵡者，請正平爲賦，即攬筆而成。山海經曰：鸚鵡狀如鴞，正平蓋以鴞自比也。故兪云賦物之性，亦兼賦與比三義，鵬鳥是興，赭白馬是賦，鸚鵡是比，是賦中言「迫之不懼，撫之不驚」，即鶡冠子知勇之義。「寧順從以遠害，不違忤以喪生」，即毛詩序全身之義。「故獻全者受賞，而傷肌者被刑，」特拈此賞刑二字，以束上而起下，是文章過峽處。其言曰：「爾乃歸窮委命，離羣喪侶，閉以雕籠，翦其翅羽，流飄萬里，崎嶇重阻，踰岷越障，載罹寒暑，女辭家而適人，臣出身而事主，彼賢哲之逢患，猶棲遲以羈旅，矧禽鳥之微物，能馴擾以安處，眷西路而長懷，望故鄉而延佇，恃陋體之腥臊，亦何勞於鼎俎，嗟祿命之衰薄，奚遭時之險巇，豈言語以階亂，將不密以致危，痛母子之永隔，哀伉儷之生離，匪餘年之足惜，愍衆雛之無知，背蠻夷之下國，侍君子之光儀，懼名實之不副，恥才能之無奇，羨西都之沃壤，識苦樂之異宜，懷代越之悠思，故每言而稱斯，」是時爲曹操所迫，慮不免夫鼎俎，故眷眷西都沃壤，冀其再興，傷時亂之不復，似出於懷沙遺音也。末言「音悽韻頓有如放臣棄妻」應上女辭家二句。遐思崑山高嶽，鄧林扶疏，應上羨西都句，而以「報德感恩」爲結穴，非不懍懍於思患預防之道，而卒不免六翮之殘毀也，鶚其如播弋張羅者何哉。顏氏家訓文章篇，謂其誕放致殞，蓋惜之也。

王粲登樓賦　仲宣博物多識，獻帝西遷，從至長安，以西京極亂，去依劉表，嗣知表不足與有爲，復以其貌寢不見重，羈跡荊州，關心故國，自是登樓作賦本旨。其詞曰：「登茲樓以四望兮，聊暇日以銷憂，」猶楚詞遷逡次而弗驅，聊假日以消時也。「雖信美而非吾土兮，」猶楚詞雖信美而無禮也。「遭紛濁而遷逝兮，」猶楚詞吸精粹而吐紛濁也。「平原遠而極目兮，」猶楚詞目極千里傷春心也。「悲舊鄉之壅隔兮，」猶楚詞忽臨睨夫舊鄉也。是時李郭刼斂乘輿，關中無復人跡，四海之內各擅疆域，王路不通，故託於荊山之蔽隔也。入後情詞悽惋，尤慨乎其言之，曰：「昔尼父之在陳兮，有歸歟之嘆音，鍾儀幽而楚奏兮，莊舃顯而越吟，人情同於懷土兮，豈窮達而異心，唯日月之逾邁兮，俟河清其未極，冀王道之一平兮，假高衢而騁力，懼匏瓜之徒懸兮，畏井渫之不食，步棲遲以徙倚兮，白日忽其將暮，風蕭瑟而並興兮，天慘慘而無色，獸狂顧以求羣兮，鳥相鳴而舉翼，原野闃其無人兮，征夫行而未息，心悽愴以感發兮，意忉怛而憯惻，循階除而下降兮，氣交憤於胸臆，夜參半而不寐兮，悵盤桓以反側，」鍾儀楚奏，莊舃越吟，其本旨也。匏瓜井渫，傷吾道之不行，白日蕭風，喻漢祚之將盡，憂心耿耿，純爲九辯之遺音。後來庾子山哀江南賦，亦本斯意而作，劉彥和謂仲宣舉筆似宿構，有以哉。

邊讓章華賦　文禮少辯博，能屬文，蔡邕薦之何進，曰：生唐虞則元愷之次，佐仲尼則顏冉之亞，孔融亦言其有俊逸才。所作章華賦，託楚靈倚相以結言，因伍舉而裁篇，其體仍自高唐得來，其詞曰：「冑高陽之苗胤兮，承聖祖之洪澤，建列藩於南楚兮，等威靈於二伯，超有商之大彭兮，越隆周之兩虢，達皇佐之高勳兮，馳仁聲之顯赫，惠風春施，神馳電斷，華夏肅清，五服攸亂，」欲寫目前淫樂，而先追溯古昔全盛之時，此迺爲文一定步驟，且啓口便提聖祖，是極望君有感動意。又曰：「旦垂精於萬機兮，夕回輦於門館，設長夜之歡飲兮，展中情之嬿婉，端四海之妙珍兮，盡人生之祕玩，爾乃攜窈窕，從好逑，逕肉林，登糟邱，蘭肴山竦，椒酒淵流，激玄醴於淸池兮，靡微風而行舟，登瑤臺而四望兮，冀彌日而消憂，」歷敍淫樂之萌，已露倦勤之態，此處特點「消憂」二字，卽爲以下數段主峯。自招宓妃，命湘娥，至嘉新聲之彌隆，描寫長夜懽讌，粉白黛綠，妙舞淸歌，連翩跌宕，備極流連忘返之致，於是「衆變已盡」一段，正如海市蜃樓，憑空湧現，一轉瞬消歸烏有，於此可悟文家搆境設色之法矣。末言「爾迺淸夜晨，妙技單，收尊俎，徹鼓盤，惆焉若醒，撫劍而嘆，慮理國之須才，悟稼穡之艱難，美呂尙之佐周，善管仲之輔桓，將超世而作理，焉沈湎於此懽，於是罷女樂，墮瑤臺，思夏禹之卑宮，慕有虞之土階，舉英奇於仄陋，拔髦秀於蓬萊，君明哲以知人，官隨任而處能，百揆時敍，庶績咸熙，諸侯慕義，不召同期，繼高陽之絕軌，崇成莊之洪基，雖齊桓之一匡，豈足方於大壯，爾迺育之以仁，臨之以明，致虔報於鬼神，盡肅恭乎上京，馳淳化於黎元，永歷世而太平，」以上備述君臣交儆，使知負荷之艱，而爲荒亡之鑒，思之危苦，言之悱惻，淵姿厚質，在紈綺之外者。班氏所以謂雖多淫麗之詞，而終之正，亦猶相如之諷也，蓋自上林子虛以來，訖東漢之末，猶守此式，雖氣息稍遜渾厚，而淵識鴻聲，自是一代著述乎。

騁詞類

章實齊曰：古之賦家者流，出入戰國諸子，而假說問答，莊列寓言之遺也。恢張聲勢，蘇張縱橫之術也。又曰：賦家者流，縱橫之派別，而兼諸子之遺風，此其所以異於後世詞章之士也。近人章氏詩文附正名雜義，謂縱橫出自行人，短長諸策，實多口語，尋理本旨，無過數言，而務爲紛葩，期於造次可聽，溯其流別，實不歌而誦之賦也。騁詞之賦，大率類是。

司馬相如子虛賦　子虛，亡是公烏有先生之詞也，爲游梁時所作，西京雜記，謂其游神蕩思，百餘日迺成。武帝讀之曰，朕獨不得與此人同時哉，因狗監楊得意，知相如名，召問之，相如曰：此諸侯之事未足觀，請爲天子游獵賦，相如以子虛虛言也，爲楚稱烏有先生者，烏有此事也，爲齊難亡是公者，亡是人也，明天子之義，故空藉此三人爲詞，以推天子諸侯之苑囿，其卒章歸之於節儉，因以風諫，是賦先虛序一段，一篇大文，搖曳而起，次序齊事一段，已具小賦一篇，引起以上總序事，是第一節。出日先將雲夢放活，妙在能用虛，且以謙為夸，純以姿致勝，次序其中之山土石兩段，因山而附序之，又次序東南西北四段，或單或重，排偶之中各寓變化，北之上下，寫出鳥獸，恰好接下田獵，文情一片，序雲夢之地，是第二節。接寫楚王車服一段，壯士格獸一段，楚王觀獵一段，敍田事極簡鍊，且與前敍地處處相應。序田獵是第三節。中間忽插序楚之嬪妃，兼序聲色，直乃傲齊以所無，序畋事便不直率，是為第四節。其第五節序田獵，約分三項，始言搏獸，後乃兼及弋鳥釣魚，其間頓挫，正與齊王之畋相照，且水族一段，因前有大江清池，神龜蛟鼉鵁雛孔鸞等字，故復序此，以補田獵之未備。第六節序罷獵燕飲，一氣寫下，一筆收住，俊爽之極，勺藥之和等句，全被他割鮮染輪一句，應還前段。第七節先折楚，後稱齊，略分次序，語語雄健，以少敵多，針鋒相對，且前序齊事甚略，乃於篇後補序一段，反振挽合，以作章法，其言地勢形便瞭如指掌，極雲亂波涌之觀，自是縱橫餘習，後則歸於在諸侯之位，不敢言遊戲之樂，苑囿之大，蓋所謂託詞以諷，歸之正義也。裴度寄李翺書所由以相如之文為譎諫之文歟。

司馬相如上林賦　上林一賦，與前篇子虛，名為兩篇，實則一篇。故太史公合之，極是。是篇雙接齊楚，歸到天子，以入上林之事，彼此自相銜接，前作東西南北序，一雲夢獨詳，此則東西南北，兼序四海八荒獨略，前作其中其上冠在上，此則倒置在下章法。汎淫泛濫一段，言水澤，崇山巃嵸一段，言山林，前作山在前，水在後，此則水在前，山在後，前作山詳而水略，此則山略而水詳，章法。序山水是第一節。其南其北，與前作同，祇序南北，與前作異。一段序東南兼序獸，次段序宮館，三段序果木，四段序木上之獸，五段總結。序上林苑內是第二節。其第三節序田獵事，分三段寫，先序鹵簿車騎，次序獵獸，又次序弋鳥。第四節序罷獵而歸。第五節序置酒，一段是音樂，一段是女色，前作祇說得衣服，此迺兼及容貌，妖冶二句指面，便嬛三句指身，獨繭四句指衣服，芳香二句指氣味，皓齒四句細分齒眉目，色授二句指意態，撰語俱各工妙。第六節爲曲終諷諫，首段警泰戒侈，仍就上林苑說，語不離宗。次段發政施仁，仍用車馬射弋事，與前映帶。三段興仁慕義，仍點獵一句，繳還通篇。四段反振收完兩賦，流連藻績，汎濫篇章。劉彥和所謂長卿之徒，詭勢瓌聲，模山範水，字必魚貫者非邪。至如前篇「楚王迺駕馴駮之駟，乘雕玉之輿，靡魚須之橈旃，曳明月之珠旗，建干將之雄戟，左烏號之雕弓，右夏服之勁箭，陽子驂乘，孅阿爲御，邪與肅愼爲鄰，右以湯谷爲界，秋田乎青丘，徬徨乎海外，」後篇「出乎椒丘之闕，行乎洲淤之浦，經乎桂林之中，過乎泱漭之埜，頫杳眇而無見，仰扳橑而捫天，奔星更於閨闥，宛虹拖於楯軒，靑龍蚴蟉於東廂，象輿婉僤於西淸，靈圉燕於閒館，偓佺之倫，暴於南榮，」以至「盧橘夏熟，黄甘橙榛，」或夸飾過甚，言涉於虛，或詭濫無稽，生非其壤，淫文放紛，要非詞賦之所病，劉彥和所謂理侈而詞溢者此也。張惠言曰「斷以正誼，不由於曼，其氣則引費而不可執，循有樞執有廬，頡滑而不可居，開決宦突而與萬物都，其終也芴莫，而神明爲之橐，則司馬相如之爲也。其原出於宋玉」吾於是賦見之矣，殆亦縱橫之別派歟。

揚雄甘泉賦　子雲遊京師，時成帝寵幸趙昭儀，會郊祀甘泉泰畤，汾陰后土，以求繼嗣，雄直承明待詔，還奏甘泉賦，盛言車騎之衆，參麗之駕，非所以感動天神，又言屏玉女卻宓妃，以微戒齋宿之事，以此求之，非苟爲夸飾也。雄夙慕相如之賦宏麗，常擬以爲式，是賦鋪陳處皆諷諫，確倣相如之所爲，其奇處尤爲相如之所不及。開首數語，提明郊祀，冀神擁祐，接寫乃命羣僚一段，起局全用長句，雄健無匹，爲相如創體。序啓行是第一節。次序登輿儀衞烜赫，如見肅穆尊嚴氣象，句法亦多奇崛，中間擒取「風雷」等字與前「星宿鬼神」名目相應，所謂星陳天行也。又從遠望中見離宮臺觀，一路點綴聯絡，自成結構。序乘輿初出是第二節。此下正說甘泉，極雲譎波詭之觀，語瓌奇則假珍玉樹馬犀，崇帝居則侈陳紫宮泰壹言宮室曠大，則曳颺紅采翠氣，論宮室深靚，則漸進玉戶金鋪，依次敍來，好接天子穆然之思，爲一篇大轉摺，序到甘泉是第三節。此下緊接「於是事變物化，目駭耳回，蓋天子穆然珍臺閒館琁題玉英蜵蜎蠖濩之中，惟夫所以澄心清魂，儲精垂恩，感動天地，逆釐三神者，」至此一頓，全賦精神俱出此四十字爲句。「迺搜逑索偶，皐伊之徒，冠能魁能，函甘棠之惠，挾東征之意，相與齊乎陽靈之宮」，曰逑曰偶，是雙關互映，提明陽靈之宮，即以起下郊祀一節，先序自齋宮至祭所，點染多姿，與前乘輿互爲生色，中忽插序「想西王母欣然而上壽兮，屏玉女而卻宓妃，玉女亡所眺其清矑兮，宓妃曾不得施其蛾眉，方攬道德之精剛兮，侔神明與之爲資，」序郊祀便不直致，且見其諷諫微婉，自此而柴燎而灌鬯而贊禮，而迴車，敍次井然，是爲第四節。亂章繳還求嗣，語有歸宿，通篇主旨則以「好色敗德」爲戒，與淫麗而無則者有別，劉彥和所謂子雲甘泉，構深瑋之風者此也，且其時昭陽姊妹，歐水方滋，子雲乃以微詞諷諫，其不屑脂韋，於斯可見，何至有劇秦美新之事，方其始進時也，蜀人有揚莊者爲郎，以其所作成都城四隅銘，誦之成帝，以爲似相如，雄遂以此得見，越數千年，明蜀人又有揚愼者，自擬爲雄後裔，極力申辯無美新事，且痛詆朱子以報之，亦揚氏賢子孫哉。

揚雄河東賦　甘泉賦既上，其三月將祭后土，上迺帥羣臣，横大汀，湊汾陰，既祭，遊介山，回安邑，顧龍門，覽鹽池，登歷觀，陟西岳以望八荒，迹殷周之盛，眇然以思唐虞之風，子雲以爲臨淵羨魚，不如退而結罔，還上是賦，首段揭明暮春謁神，其車騎羽旄之盛，足令秦神河靈，皆恐懼而自放吐風納雲，紫綠萬狀，至覽介山以下，則猶相如之諷也。其詞曰：「嗟文公而愍推兮，勤大禹於龍門，灑沈菑於豁瀆兮，播九河於東瀕，登歷觀而遙望兮，聊浮游以經營，樂往昔之遺風兮，喜虞氏之所耕，瞰帝唐之嵩高兮，脈隆周之大甯，汨低回而不能去兮，行睨陔下與彭城，濊南巢之坎坷兮，易幽岐之夷平」，此即楚詞折衷前聖之意也。「乘翠龍而超沙兮，陟西岳之嶢崝，雲霏霏（古霏字）而來迎兮，澤滲灕而下降，鬱蕭條其幽藹兮，滃汎沛以豐隆，叱風伯於南北兮，呵雨師於西東，參天地而獨立兮，廓盪盪其亡雙，遵逝虖歸來以函夏之大漢兮，彼曾何足與比功，建乾坤之貞兆兮，將悉總總以羣龍，麗鉤芒與驂蓐收兮，服玄冥及祝融，敦衆神使式道兮，奮六經以攄頌，隃於穆之緝熙兮，過清廟之雝雝，軼五帝之遐迹兮，躡三皇之高蹤，既發軔於平盈兮，誰謂路遠而不能從」此即楚詞上下求索，冀合禹湯之意也。子雲爲西漢詞章大宗，太玄擬易，法言擬論語，而是賦則純擬楚詞。張惠言曰，相如原出宋玉，揚雄恢之，協入竅出，緣督以及節，其超軼絕塵而莫之控也，其波駭石咢而沒乎其無垠也，殆亦猶相如之譎諫乎。

揚雄羽獵賦　賦上，得爲郎，給事黃門題一絕云，待詔承明四十餘，客言詞麗似相如，上林羽獵方馳騁，可得雕蟲悔壯初。是賦本步趨上林而作。李申耆曰，子雲善倣，所倣必肖，能以氣合，不以形似也。張銑曰，羽獵賦有二序，一史臣序，一雄賦序，其賦云，或稱羲農，豈或帝王之彌文哉，論者云否，各以並時而得宜，奚必同條而共貫，則泰山之封，焉得七十而有二儀，是以創業垂統者，俱不見其爽，遐邇五三，孰知其是非，遂作頌曰，祝氏謂田獵禱祀，涉於淫樂，故不可以不諷。奠都耤曰，國家大事，故不可以不頌，此說實非古人賦頌，通爲一名，如曰諷頌異施，則是賦明爲羽獵而作，何以有遂作頌曰之文，不歌而頌謂之賦，故賦亦名爲頌。此王褒洞簫，漢書所以謂之頌也。首段提序道德仁義，爲一篇之眼目。次序奉顓頊玄冥之故，以下備置獵具爲一節，縱橫舖陳，采色爛然，只覺得整贍而不見堆垛，「般般軫軫，被陵緣岅，窮夐極遠者，相與列乎高原之上，繽紛往來，轠轤不絕，若光若滅者，布乎青林之下，」於長句見奇崛。乘輿啓行爲一節，中言「蚩尤並轂，蒙公先驅，立歷天之旍，曳捎星之旃，霹靂烈缺，吐火施鞭，飛廉雲師，吸嚊潚率，」隨口謅來，語語誇張，與前節互爲生色。格獸弋鳥爲一節。中言「蹈飛豹，羂嘄陽，追天寶，出一方，應駍聲，擊流光，野盡山窮，囊括其雌雄，沇沇溶溶，遙噱乎紘中，」侈麗濃郁，尤於短句見奇崛。寶利珍怪爲一節。如上波斯船，光怪陸離，目爲之眩，至「鞭宓妃而饟屈原，」何等幻，何等雅，洛神非罔兩，劉彥和所謂虛用濫形也，因知千古慧業文人，其腕下定無所不有矣。歌頌功德爲一節。自方將上獵三靈之流以下，方自申作賦之意，發黃龍穴，窺鳳凰之巢，臨麒麟之囿，幸神雀之林，遙與前序相照，至創道德之囿，弘仁惠之虞，故與首段相照，尤妙在緊貼羽獵上說，語不離宗，是作以序中「奢麗誇詡」四字爲主，歸諸謙遜以爲諷，此即師相如以謙爲夸之旨也。特奇崛尤過之。

揚雄長楊賦　子墨客卿，翰林主人之詞也，前篇序用議論，賦用敍事，此篇序用敍事，賦用議論，是文之善於變者。且客卿所言皆正論，主人所言皆微詞，正論易忤，微詞易入，此所以爲諷也。借客卿口中入正論，此正妙於諷也。義主諷諫，旨歸縱橫，是賦首敍創業之盛，以見祖宗得天下之不易，然猶展詘振乏，注意農民，次敍守成之德，去奢崇儉，二段正對「以多獲夸遠人」下一針砭，奪其所恃，而折其矜驕之意。敍武功一段，摹寫兵威之盛，如火如荼，祇覺饒古色含冲味，「意者以爲事罔隆而不殺，物靡盛而不虧，故平不肆險，安不忘危，」四句為上下轉捩處，遞到獵獸，筆極生動，以下一段，正解「上亦頗極於農人」句，復將正意揭明，語語騰躍而出，「豈徒欲淫覽浮觀，馳騁秔稻之地，周流梨栗之林，蹂踐芻蕘，誇詡衆庶，盛狖玃之收，多麋鹿之獲哉」，七句全是諷，勢少委蛇，詞至深切，正足服覽客之心，所謂錦麗之文，復饒忠愛者，「客徒愛胡人之獲我獸禽，曾不知我已獲其王侯，」子雲不獨多奇字而奇文奇想，恐亦長卿所不逮，或謂是賦倣長卿難蜀父老文，章法固同，而氣體則益加博矣。雄固賦家之流歟。

揚雄蜀都賦　蜀卽漢之蜀郡也，成都又為三蜀之都會，故曰蜀都，是賦極力鋪張，數典繁博，猶是縱橫家侈陳形勢之習。首敍蜀都上應天象，下按地紀，一篇大文章，必如此方說得鄭重，接敍東南西北，東有巴賨百濮，銅梁金堂，兼敍其中之珍怪，南有犍牂潛夷昆明峨眉，兼敍其遠近之珍怪，西有鹽泉鐵冶橘林銅陵，兼敍其旁之珍怪，北有岷山，專敍異獸名目，章法少變，以上敍都四隅，是第一節。次則模山範水，圖竹寫木，敍汜一段，兼及草木禽獸，分詞析類，蔚為奇觀，以上鋪張地勢，是第二節。此下說到都門始基，兼及山川所產之富，分三段寫，始言動植諸物為天然生產，再言錦布雕鏤為人工製造，終言懋遷儲積，爲豐蔚所盛，以上敍蜀物殷羡，是第三節。其第四節細敍鬼神祭祀，繁俎綺錯，以見珍羞之具備第五節出游謁廟，淸歌妙舞，以見士女之駢闐，結到日暮倦游，期會投宿，車船回走，觀者並隄狂旋，取魚禽以供俎膾，至暮飛沈不可復取而後已。寫得民衆物蕃，別具一種熙恬景象，而漢之滋培元氣，養以雨風，子孫不可更張，隱然言外，頗有諷義，眞所謂呑雲夢八九於胸中，曾不芥蔕者也。此才當不讓司馬長卿，劉彥和文心雕龍時序篇曰，故知暐燁之奇意，出乎縱橫之詭俗也。

揚雄逐貧賦　其自序云，不汲汲於富貴，不戚戚於貧賤，家產不過十金，乏無儋石之儲，晏如也，此賦特以文爲戲耳，假設問答，肇端縱橫，四言爲詞，導源風雅，至其詼諧爲文，則又雅近於滑稽，呼貧與語一段，是主言所以宜逐之故，貧曰唯唯一段，是貧言不宜見逐之由，言辭既罄，「色厲目張，攝齊而興，降階下堂，誓將去汝，適彼首陽，孤竹二子，與我連行，」貧之理直，故色厲而目張，翩然遠引，「余乃避席辭謝，不直請，不貳過，聞義則服，長與汝居，終無厭極，貧遂不去，與我遊息，」主之理屈，故避席而辭謝，願與長居，一問一答，針鋒相對，奇文奇想，得未曾有，余讀竟，不禁慨然而嘆曰，貧之一字，豈天從膏粱醉飽外，特簡以旌吾輩文人者邪，不然，何以相如秋雨茂陵，家徒四壁，子雲殘書草閣，產乏十金也，阿堵文章，勢不兩立，文惛命達，自古皆然，豈非其人不可倖得，即得之亦弗能守邪，子雲開口，劈提遁世離俗四字，即其所以仰副天心處，逐貧二字躍然撫筆，氣量骨性，蒸然紙上，匪特饌玉炊金人讀之不解，即使啜藜含糗人讀之，亦復不解。

班孟堅兩都賦　則西都賓東都主人之詞也，杜篤以關中表裏山河，先帝舊京，不宜改營洛邑，而因有存不忘亡，安不忘危，雖有仁義，猶設城池之言。班氏特作此以明尚非永圖，前賦極其眩耀，主於諷刺，所謂抒下情而適諷諭也。後賦折以法度，主於揄揚，所謂宣上德而盡忠孝也。「忠孝」二字已藏卻一篇大文，兩都舖張，劈分賓主，堂堂正正之格，昭明選賦，首列簡端，亦以其兼揚馬之長，事實而義正，其體製自足冠代也。問答設詞，全仿子虛上林，而稍恢廓，首敍西都山水，侈陳形勢，仍本縱橫，此即後篇所謂「保界河山」也。及至大漢受命而都之也一段，備述其故，「圖皇基於億載，度宏規而大起」，說得鄭重，見後王所當眷顧，收到「窮泰極侈」四字，爲一篇主峯。束上「聞其故」，即起下「覩其制」，尤爲前後過峽。次敍都邑，與東都「浚城隍」相應，兼及街市及四郊，總不外乎眩耀，收到「蓋以強幹弱枝隆上都而觀萬國」，尤爲有勢有力。次敍都邑物產，兼及其陰其陽，與其下，東郊西郊與其中俱各出力渲染，有景有態，次敍宮室，與東都「修宮室」相應，亦卽後篇所謂「矜夸宮室」也。「樹中天之華闕，豐冠山之朱堂，因瓌材而究奇，抗應龍之虹梁，列棼橑以布翼，荷棟桴而高驤」說得何等典雅，何等雄偉，又從別殿後宮，抽言昭陽，是眩以孝成之隆也，裝點絢爛，令人眼光閃爍，次敍百僚所居，見君臣治安之久，流漢愷悌，盪秦毒螫，益令人發懷舊思古之情，又有文士處於禁中，武士環於殿下，不專奄寺可知，次復極言宮闕之盛，言臺，言樓，言池，繼之，相配著色，又從未央抽言建章，是眩以武宣之隆也，寫得格外奇麗，爲文家作色處，攀井幹而未半一段，極形其高峻，旣懲懼於登望一段，極形其幽奧，而終之以苑囿，是加倍寫法，次復極言宮闕之侈，而以武事繼之，見得非盤遊，非黷武，以下分寫弓矢鋒刃之利，禽獸逃匿之狀，論功宴飮之樂，錯落有致，末復以畋苑中游沼上，作餘波，逐步而進，筆尤鏗鏘振響，讀至後段「于斯之時，都都相望，邑邑相屬，國藉十世之基，家承百年之業，士食舊德之名氏，農服先疇之畎畝，商修族世之所鬻，工用高曾之規矩，粲乎隱隱，各得其所」隱括得妙，此等語非孟堅不能下，通篇純是賦體，故其中句法俱組練錯繡，甚爲精采，尤妙在段落井井，照應楚楚，一氣直貫到底，是文字中極整贍者也。

後篇主人開口便說「子實秦人，矜夸宮室，保界河山，」其後一篇大文，已包括此三句中，「今將語子以建武之治，永平之事，監於太清，以變子之惑志」爲一篇提綱。以下即申明「折以法度」之旨，首段敍王莽篡祚，民怨神恫，說得驚心駭目，然後轉出建武之治，爲天所啓，格外有力，筆勢極爲緊湊，次敍建武法度修明，德該仁聖，功備帝王，其專主頌揚，顯見與上篇舖張揚厲有別，次敍永平之政，盛雍修服，復躬覽萬國之有無，然後修治京邑，營立宮室，迴應殷宗周成，章法完密，次敍宮室之麗，苑沼之作，並合前制，以下分二段寫，先言蒐狩講武，次言盛禮興樂，舖張處皆言其法度風雅，文亦奇气歎湧，異采怒發，眞巨觀也，至「於是聖上覩萬方之歡娛，又沐浴於膏澤，懼其侈心之將萌，而怠於東作也，」此爲文章交卸處，用一提振之筆，以通貫前後，文勢便不散漫，孫月峯所謂式金式玉之音，乃申舊章一段，所謂折以法度也，於是百姓滌瑕盪穢一段，所謂監於太清也，「登降飫宴之禮既畢，咸含和吐氣而頌曰」云云，結住永平一大段，以見漢治之隆，東都之所以興也，一篇作意所在，騰踔而出，魄力絕大，「且夫僻界西戎，險阻四塞，修其防禦，孰與處乎土中，平夷洞達，萬方輻湊，秦嶺九嵕，涇渭之川，曷若四瀆五嶽，帶河洛圖書之淵，建章甘泉，館御列仙，孰與靈臺明堂，統和天人，太液昆明鳥獸之囿，曷若辟雍海流，道德之富，游俠踰侈，犯義侵禮，孰與同履法度，翼翼濟濟也，」連分五層折之，彷彿辯士聲口，其文勢亦正如黃河波奔流千里一折，波濤洶涌，自成奇觀，「子徒習秦阿房之造天，而不知京洛之有制也，」廻應「矜夸宮室，」「識函谷之可關，而不知王者之無外也，」廻應「保界河山」一獨拈秦字折之，廻應「子實秦人，」亦正爲漢家廻護，立言有體，末復示以五篇之詩，波瀾富甚，蓋以賦本古詩之流，故以五頌繫之，劉彥和文心雕龍詮賦曰，明絢以雅贍，洵定評哉，祝氏云此賦兩篇，亦一篇也，首篇極其眩耀。賦中之賦也，後篇折以法度，賦中之雅也，篇末五詩，則又賦中之頌也，蓋猶有正與則之餘風焉，按是賦假主客之言，寓諷諭之旨，奇耦錯出，不主定形，此體之源，雖本之於揚馬，而體製特堂皇，謂出於雅頌縱橫所衍而成可也。

班固終南山賦　肅宗雅好文章，孟堅愈得幸，每行巡狩，輒獻上頌，章帝行幸，祠祀之事，史不絕書，唯終南薦享，不見於史，豈遺佚邪，其賦終南山一篇，雖無兩都之弘麗，而芟繁揭要，體制自崇，所言「巋巀嶙囷，曖嚉晻靄，」述爲聯邊，已至三接，至於碧玉密房，翔鳳清水，亦猶甘泉玉樹之類也，彭祖安期，亦猶上林偓佺之倫也，末言「唯至德之爲美，我皇應福以來臻，掃神壇以告誠，薦珍馨以祈仙，嗟玆介福，永終億年」以至德爲諷，亦可稱賦中之雅，以介福爲蘄，亦不失賦中之頌，然則是篇亦不亞兩都矣。

張衡兩京賦　憑虛公子安處先生之詞也，其時天下承平日久，自王侯以下，莫不踰侈。平子迺擬班氏兩都作兩京，因以諷諫，十年迺成。論者謂平子彩奇詞秀，全祖相如，固是孟堅以上人，第西都主於眩耀，猶寓懷舊思古之情，西京主於諷諫，直陳心奓體忲之失，詞雖不同，而其旨則一，秦據雍而強六句，已爲下篇伏案，首敍西京山川，鋪張地勢，猶是縱橫餘習，但重沓殊狀，文法類多堆垛，此獨長短虛實相應，更句錘字鍊，鑄成蒼翠之色，直欲淩轢班揚。次敍宮殿，因爲高祖所創，首及未央，便爾森嚴，敍西殿兼及諸臺殿，敍內官兼及校文之處，嚴更之署，接入後宮離宮，逶迤敍來，光彩奕奕動人，讀至「唯帝王之神麗，懼尊卑之不殊，雖斯宇之旣坦，心猶憑而未攄，思比象於紫微，恨阿房之不可廬，」鋪敍中忽插議論，文勢便極活極振，以下接敍甘泉句奇語重，次敍建章，如一往星臺曉闕，月殿宵輿，以其制特巨麗，故備言之，端信貞固云云，動以微詞，其旨自見，以下歷敍居民郊市，詳雅爲詞，筆含心眼，其「封畿郡國」四字是界畫，接敍上林，分山水二層寫，便爲「獵獸水嬉」提綱，敍田獵，帶敍小說，疏密相間，頓挫卽在其中。獵事復分三層寫，以見從獸之無厭，水嬉分二小段寫，角觚曼延，以見縱樂之無度，讀「度曲未終，雲起雪飛」句，王元美云，自玉臺金筌而下，不能擬隻字，洵然，讀「陰戒期門微行要屈」數語，只輕帶說，以接入聲色之娛，又從閶闔郊遂歸至掖庭，法自一貫，「自君作故，何禮之拘，」卽後篇所謂「節之以禮」也，特舉成哀爲徵，以寫諷諫之意。末段開口復提高祖，見得統業至重，是危悚語，故「奢泰肆情，而馨烈彌茂，」二句，諷刺卽在頌揚中，通篇歸宿在此。

此兩篇實亦一篇。東京謂洛陽，其賦意與班氏東都同，前篇云，四海同宅西秦，豈不詭哉，此却云，七雄竝爭，競相高以奢麗，是作家手段，彼「據雍而強」之說，不攻而自破，接入秦政專侈，刑繁賦重，爲民苦苛法正影，以「百姓弗能忍，是用息肩於大漢，而欣戴高祖，」長句一頓，何等筆力。次言營洛之陋，正與前篇「奢泰」相照，次敍高，文，武，宣之功德，兜轉前段「未暇」之意，落出東京，下卽推原周制，以東京之本於周，猶西京之本於秦也，特借此以爲發端，說周制，從秦事折出，說光武定都，又從漢初落下，漢初一語，復廻應「作洛未暇，」說得大有關係，又以王莽之亂，推出世祖，落下建都，何等筆力，以下略敍宮室，兼及池苑，與諸物產，與前作繁簡各稱，繁以示奢，簡以備禮，所以爲工，收處特拈

「禮」字，點明賦中主意，其言「經始勿亟，成之不日，猶謂爲之者勞，居之者逸，慕唐虞之茅茨，思夏后之卑室」正對前篇「唯帝王之神麗四句」章法完密，以下備言典制，即所謂以是觀禮者也，撞洪鐘，伐靈鼓，一段，句法參差，最易板重處言之磊落生動，何等筆力，天子迺以三揖之禮，禮之，以下先行燕饗之禮，自此而郊祀，而宗廟，而耕耤，而辟雍，而合射，而大閱，而大儺，備見朝章國範，奐乎大振，大儺一段，對前「角觝百戲」言，雖戲亦祖宗之舊儀先王之典禮也，且西京尚武功好遠略，故鋪陳角觝，東京宦官執權，故寓旨於侲童，要皆有爲而言，然後行巡狩之禮，純對前「微行」而發，絲絲入扣，復綜論「遷邑易京，同規乎殷盤，改奢即儉，合美乎斯干，登封降禪，齊德乎義軒，爲無爲，事無事，永有民以孔安」又曰「狹三王之趢趗，軼五帝之長驅，踵二皇之遐武，誰謂賀遲而不能屬」是爲渾括全局大意。方其用財取物一段，皆記以諷諫之旨，「臣濟奓以陵君，忘經國之長基」二句，指王侯以下，莫不踰侈，托西京以規切目前也，末段對前「窮泰肆情，馨茂彌茂」作一總束，合觀兩賦，洵體麗詞豐之作，而開合波瀾，雄深浩闊，文品在東西都間，劉彥和文心雕龍詮賦篇曰，迅發以宏富，體性篇曰，慮周而藻密，洵詞賦之英傑哉。

張衡南都賦　摯虞曰，南陽郡治宛，在京之南，故曰南都，平子作南都賦，純是表章其地，見設都之有由，前半寫地，後半寫人，極有作法，第舖張地勢，重沓殊狀，是即所謂爲文造情也，爲文造情，仲洽病其事形，彥和譏爲淫麗，文心雕龍鍊字曰，「綴事屬篇，必須揀擇，一避詭異，二省聯邊，詭異者，字體環怪者也，聯邊者，半字同文者也，如不獲免，可至三接，三接之外，其字林乎，」故即其形式言之，亦爲修詞家所病，茲舉其例，有如「其寶利珍怪，則金彩玉璞，隋珠夜光，銅錫鉛鍇，赭堊流黃，綠碧紫英，青雘丹粟，太乙餘糧，中黃瑴玉，松子神陂，赤靈解角，耕父揚光於淸泠之淵，游女弄珠於漢皐之曲，其山，則崆峣嶱嵑，嵣㟐嶚剌，岝㠋嶵嵬，嶔巇屹嶬，幽谷嶜岑，夏含霜雪。其木，則檉松楔㮚，槾柏杻橿，楓柙櫨櫪，帝女之桑，楈枒栟櫚，柍柘檍檀，結根竦本，垂條嬋媛。其竹，則籦籠箽篾，篠簳箛箠，緣延坻阪，澶漫陸離，爾其川瀆，則滍澧藥濜，發源巖穴，潛㶏洞出，沒滑瀎潏，布濩漫汗，漭沆洋溢，總括趨歙，箭馳風疾，流湍投濈，砏汃輣軋，長輸遠逝，漻淚淢汩。其水蟲，則有蠳龜鳴蛇，潛龍伏螭，鱏鱣鰅鱅，黿鼉鮫鰐，巨蜯函珠，駮瑕委蛇。其陂澤，則有鉗盧玉池，赭陽東陂，貯水渟洿，亘望無涯。其草，則有藨苧薠莞，蔣蒲蒹葭，藻茆菱芡，芙蓉含華，從風發榮，斐披芬葩。其鳥，則有鴛鴦鵠鷖，鴻鴇駕鵝，鶤鶬鸛鶴，鷫鷞鶂鸕，嚶嚶和鳴，澹淡隨波。其水，則開竇灑流，浸彼稻田，溝澮脈連，隄塍相輆。其原野，則有桑漆麻苧，菽麥稷黍，百穀蕃廡，翼翼與與。若其園圃，則有蓼蕺蘘荷，藷蔗薑蟠，菥蓂芋瓜，乃有櫻梅山柿，侯桃梨栗，梬棗若留，穰橙鄧橘。其香草，則有薜荔蕙若，薇蕪蓀萇，晻曖蓊蔚，含芬吐芳。若此之類，如數家珍，不啻譜錄，割裂詞義，殆同書抄，摯虞文章流別曰，以事形爲本，則言富而詞無常矣，是賦其不免乎。於是莫春之禊，元巳之辰以下，文詞非不流連藻績，然已有輕靡之致，與二京殊格，已開魏晉之風，讀至南陽爲漢舊都一段，正如層巒疊嶂，烟霧迷漫，忽遇平原，另開一種境界，令人心目一豁。末段就地說到人，高祖階其塗，光武攬其英二句，無數文字包孕其中，收到「是以朝無闕政夙烈昭宣也」以束上攬英之意，即以起下思歸之歌，南巡之頌，爲一篇總斷，總束歌詞頌詞，古音古節，飣餖鋪陳，論者謂自相如以至張衡，展轉摹擬，其弊斯極，豈其然歟。

王延壽魯靈光殿賦　文考有儁才，少遊魯作靈光殿賦，後蔡邕亦造此賦未成，及見延壽所爲，甚奇之，遂輟筆而止。年才二十餘，殿爲魯恭王所造，甚壯麗；延壽目覩西京未央建章日就隳壞，唯此巋然獨存，特補作之。是賦先序事，謂有神明依憑支持，以保漢室，遂本斯意而賦焉。從漢室起，首敍作殿之緜，開局堂皇，次敍瞻望，語高峻則嵯峨嶵嵬，語瑰奇則瓌譎鴻紛，語光輝則汨磑赫㸌，語尊嚴則嶙嶙威神，次敍登造，言形飾則澔澔涆涆，言采色則煒煒煌煌，言幽深則寥窲崢嶸，言鴻天則爌炕爣閬，起前殿訖後殿，大概已盡於斯，下文迺就其中之所見詳寫之，先結構，其浮柱則岧嵽而嶢峴也，其飛梁則偃蹇而騰湊也，其櫨枅則磥垝以岌峨，要紹而環句，其栭掌則欑羅以戢孴，杈枒而斜據也，其餘特出者夭蟜黝糾，特起者岪蔚崎嶬，相接而旋散者，縱橫駱驛，各有所趣，莫不因夸以成狀，沿飾而得奇，次雕刻，飛禽走獸，皆於梁棟上見之，兼有畫形，讀「仡欺猥以鵰眈，鶌顤顟而睽睢，」二句寫胡夷跽對狀，神色欲活，不知如何摹得出來，其仙女響像，鬼神髣髴，帶敍數語，亦活動得妙；次圖畫，皆於壁上見之，分三層寫，遂古鴻荒一層，歷代帝后一層，忠孝貞烈一層，文勢至葱蘢郁秀，顧氏謂古人圖畫，使觀者可法可戒，其在斯乎。末段歷敍臺池樓榭，一路途徑門戶，正如指上螺蚊，細細可辨，中間說到瑞應，以見神明扶持之意，與前序相照，意頗縝密，亂章雖皆形容語，而巋然獨存意，蒸然紙上，詞古雅可誦，作賦以諷諫爲正宗，是賦頌揚意多，諷諫意少，不無可議，然第以文論，看似筆墨複沓，而各極變態，述爲聯邊，不礙行文之妙，故彥和詮賦篇曰，延壽靈光，含飛動之勢，蓋深知其觸手紛綸，必不同鑲嵌爲事者歟，宜孫月峯謂其勁雄蒼古，猶有西京遺意也。

王延壽夢賦　漢書謂文考有異夢，意惡之，迺作夢賦以自厲，序言夜寢，夢與鬼戰，得東方朔罵鬼書，遂作賦一篇敍夢，其言「蕲游光，斫猛豬，批鷽毅，（鷽一作狒字本作鼺）斫魅虛，捎魍魎，拂諸渠，撞縱目，打三顱，撲苕蕘，（一作魍魑）抶夔魖，（魖一作魖）搏睍睆，蹴睢盱，剖列蹷，掣羯孽，劓尖鼻，踏赤舌，拏傖毰，揮髴鬤」自游光至髴鬤，皆鬼物名，李善文選注諸鬼說者各異，似不必深辨，又曰，「捷獵摧拉，澎濞跌抗，揩倒批笞，強梁，捶捋劙，揆撩兮，揔攬黠，拖額（一作頹）饋，抨撜軋，」言鬼之桀黠頑惡者，從而排斥之，持捉之，鞭撲之，應上「揮手振拳，」一絲不亂，又曰，「於是羣邪衆魅，駭擾遑遽，煥衍叛散，乍留乍去，變形瞪眄，顧望猶豫，」專寫鬼之慄縮遷延狀，又曰「於是更奮奇譎，脈捧擭噴，扼撓峴掟，（扼一作振）呷嗄批攂嘖，」專寫己之批撻叱咤狀，又曰「於是三三四四，相隨俍傍而歷僻，譬譬磕磕，揩齊亥布，（一作精氣充）詟詟譽譽，鬼驚魅怖，或盤跚而欲走，或拘攣而不能步，或中瘡而宛轉，或捧痛而號呼，奄霧消而光散，寂不知其何故，」極寫鬼之踉蹌走避狀，至是始叱而逐之曰「嗟妖邪之怪物，敢干眞人之正度，耳聊嘈而外朗，忽屈伸而覺寤，於是雞知天曙而奮羽，忽嘈然而自鳴，鬼聞之以逬失，（失讀作佚）心慴怖而皆驚，」鬼聞正論，逡巡迸矣，妖夢遂如病酲之忽醒，其亂章言「殷周以夢王，桓文以夢霸，以嘉夢引起懼夢，復援老子有使鬼法，特此可以無恙，宜乎動作皆無鬼矣，時文考年才二十耳，迺踰四年，過漢江溺水而死，不從李耳而仙，迺從屈原而鬼，是豈夢必踐而鬼不可逐耶，而竟殘生於鬼也，悲夫。

王延壽王孫賦　本草猴一名王孫，——以喻小人之輕黠便捷者，卒以慾心發動，受制於人，則小人亦自枉爲小人矣，文考作王孫賦，有慨乎其言之，開首虛敍一段，渾括大意，「形陋觀而醜儀」句，爲全篇眼目，其言曰，「眼睚瞘以眈䀎，（一作盻）覛䁶睫以眏睦，突高匡而曲頰，瞹（一作儇）瞑歷而䁄離，鼻䶕齁以齂齃，耳聿役以嘀知，（嘀一作適）口嗛呥以齡齵，脣䋆嗜以皺覜，齒崖崖以齴齴，（崖本作齴）嚼咗哫而嘔哯，儲糧食於兩頰，稍委輸於胃脾，蹝兔蹲而狗踞，聲歷鹿而喔咿，或嗝嗝而嗀嗀，又嘀嘐（一作嘆）其若嘯，姿僭傔而抵（一作揔）䪥，豁盱閱以瑣䀛，貽睕瞜而矘睗，眖瞵䁝而蹴芨」以上狀王孫之眼，鼻，口，耳，脣，齒，頰，脾，聲，態，姿，性，與夫諸形體之乖劣者，又曰「生深山之茂林，處嶄巖之嶔崎，性僄僨以猶疾，態峯出而橫施，緣百仞之高木，攀窈裊之長枝，皆牢落之峻壑，臨不測之幽溪，尋柯條以宛轉，或捉腐而登危，若將頹而復著，紛絀絀（一作絀黜）以陸離，或羣（一作犀）跳而電透，了（倒了字，丁了切，懸物貌）瓜懸而瓠垂，上觸手而孥攫，下值

（一作對）足而登跧，（跧卽趴字）互攀攬以狂接，負儻䏁而奄赴，」以上狀王孫之攀枝緣木，背峩臨溪，其手足之輕便靈捷，又曰「時遼落以蕭索，乍睥睨以容與，或蹢（一作蹂）趹以跳迸，又咨陬而攢聚，扶嶔崟以櫟檖，（一作陳椽）躡危臬而騰舞，忽踊逸而輕迅，羌難得而覷縷，」以上狀王孫登高疾躍，任邏者圍山馳逐，多方捕之而卒莫能獲，又曰，同甘苦於人類，好餔糟以歠醨，乃置酒於其側，競爭飲而踞馳，顚陋酗以迷醉，矇眠睡而無知，蹔拏鬖以纙（一作纑）縛，遂纓絡而羈縻，歸鏁繫於庭廡，觀者吸呷（一作啤）而忘疲，」謂王孫之嗜酒無厭，爲酒所誘，卒喪厥軀，孫供奉之被困於天祿大夫也，自取之咎，夫復誰懟，文考作此，蓋憫之也，徐堅初學紀載此文，有音而無釋，古文苑略補之，其聯邊之字，六字中有四接五接者，字林之譏，殆所不免至以兩字窮形，如歷鹿喔咿僄儨蹢趹之類，觸目皆是，要非文家之所病，故論者謂伯喈書赤泉之侯，方之平子寫神駭之獸，張惠言曰，及王延壽張融爲之，傑格拮鍛，鈎子蔵捂而俶詭可觀，其於宗也，無蛻也，其亦平子之流亞歟。

班彪覽海賦　與張衡之歸田，傅毅之洛都，李尤之平樂觀，率皆結體六言，不設問答，東京開其端至建安益𢀖其流矣，彪賦覽海，論者方之木玄虛賦海，然木作以鋪張勝，而此作以簡括勝，一切

「湫漻瀲灩沖融沆瀁」諸語，洗刷殆盡，首敍海，次敍覽，中間鋪敍「金璆爲闕，玉石爲堂，蓂芝階路，涌醴中唐，朱紫彩爛，明珠夜光，松喬東序，王母西箱，韓衆岐伯，講神篇而校靈章」，尚沿西漢夸虛之習，而意專主頌揚，結言謁拜紫宮太一，似映帶郊祀而言，或彪從上行幸淮浦，有事郊祀，亦未可知，但其言「悟仲尼之乘桴，聊從容而遂行，」竊有樂高眇之志，與桓譚仙賦爲近之。

李尤函谷關賦　尤，和帝時拜蘭臺令，關，故秦函谷關，周秦故都，皆在關中，漢高祖用婁敬策，都關中，因秦故關而守之，武帝始徙函谷關於新安，伯仁賦此，頌揚頗爲得體，開首綜括形勢，冠冕堂皇，以下分敍東南北三方，羅列諸關名目，尚沿縱橫餘習，中敍周秦之廢興，與夫韓范之出入，然後歸到大漢因勢立基，中興再受，二祖同勳，章法整齊，詞旨亦復雅麗，末言人物衆庶，關制森嚴，簡易易從，與乾合符，敍得凜然有餘響，與函谷關銘，雙峙千古。

崔寔大赦賦　漢和帝十一年夏四月，大赦天下，是賦爲崔寔少年時所作，首從古帝王與修法制說起，轉到本題，以勤政相規，說得整緻，而不見堆垛，入後鋪敍景星禾草，蓂莢麟鳳，極盡揄揚之能事，蓋凡欲動人之聽者，必雜以恢宏曼衍之詞，此本出於縱橫家也，而是賦尚存其式耳。

蔡邕漢津賦　漢爲四瀆之一，都道所湊曰津，蔡邕作漢津賦，猶此物此志也。是賦掇禹貢之菁英，運楚騷之句度，華實布濩，倏然可愛，中間「鱗甲育其萬類兮，蛟龍集以嬉遊，明珠胎於靈蚌兮，夜光潛乎玄洲，雜神寶其充盈兮，豈魚鼈之足收，」一讀木玄虛海賦，郭景純江賦，鋪敍物產珍寶，斑駁陸離，灑灑洋洋，宜用百千言者，邕能數十字，輒盡情狀，何等筆力，其言曰，「於是遊目騁觀，南接三州，北集京都，上控隴坻，下接江湖，導財運貨，懋遷有無，既乃風猋蕭瑟，勃焉並興，楊侯沛以奔騖，洪濤涌而沸騰，敢乘流以上下，窮滄浪乎三澨，觀朝宗之形兆，看洞庭之交會，」鋪張形勢，猶不免夸飾爲詞，蓋文人胸中無所不有，偶爾露穎，便覺脣吻相諧，的是辯才。

蔡邕短人賦　蓋爲遊戲之作，首敍短人來歷，以侏儒爲焦僥後，以晏嬰爲侏儒子，晏子滅崔氏，忠君利社稷，非侏儒比，是蓋以古賢爲戲耳。其餘侹幺一段，亦屬戲語。詞曰，雄荆雞兮鷙鷿鵜，鶻鳩雛兮鶉鷃鵋，冠戴勝兮啄木兒，觀短人兮形若斯，熱地蝗兮蘆卽且，繭中踊（今作蛹）兮蠶蠕須，視短人形若斯，木門閫兮梁上柱，弊鑿頭兮斷柯斧，鞞鞨鼓兮補履樸，脫柄椎兮擣薤杵，視短人兮形如許，先狀以鳥，繼狀以蟲，又狀以草木，撲朔迷離，似是滑稽妙品，與旃語陛楯汝雖長何益，幸雨立我雖短也幸休居同一趣絕。

王粲浮淮賦　建安十四年，曹操至譙治水軍，復自渦入淮出肥水，軍合肥時，丕爲漢五官中郎將，粲爲丞相掾，丕賦浮淮，命粲同作，粲作首叙從師南征，浮淮遐逝，中叙舟楫遇風，如雲之飛天，士卒駕舟，如鷹之勁疾，兼及舟徒榜人，前驅羣帥，正對丕賦「榜人讙譁，武將奮發」而言，結言「運赫怒而清蒂芥，濟元勳而垂休績，」頗合不歌而頌之指。西京向有進御之篇，至建安以來，篇章漸短，與詩合趣，而屬和之風啓焉，往往一題旣出，士爭制詞，爲文帝作大暑賦，柳賦，槐賦，鶡賦，鸚鵡賦，彈碁賦，出婦賦，車渠椀賦，同時作者恆三數見，浮淮亦其一也。此風一開，寖至晉宋不衰矣。

王粲羽獵賦　摯虞文章流別論曰，建安中魏文從魏武出獵，命粲等作賦，其時陳琳作武獵，應瑒作西狩，劉楨作大閱，而粲作羽獵，各有所長，粲其最也，粲作前叙羽獵之由，「遵古道以游豫」一句，爲一篇提綱，以下叙武衞烜赫，驅獸弋鳥，捷翔呀驚，瑰文奇字，不亞西京。然讀子雲羽獵賦，長篇眩博，而意主於諷今。讀仲宣羽獵賦，短章清綺，而意主於遵古。故其所取事類，多見經傳，與形勢之淡，則已如塗殊轍矣。文帝曰，仲宣獨自善於詞賦，殆王充所謂文必與有合，然後稱善邪。

記事析理類

章實齋氏謂古之賦家者流，出入戰國諸子，而徵材聚事，至方之呂覽類輯之義，魏文帝曰，賦者，言事類之因附也，皇甫謐三都賦序曰賦也者，所以因物造端，敷宏體理也，蓋事覈理舉，爲賦之正體，故荀卿賦篇詞必類物，語皆徵實也，記事析理之賦，大率類是。

孔臧諫格虎賦　臧襲父彥蓼侯爵，歷任九卿，武帝時遷御史大夫，辭不受，以孔安國綴集古義，乞爲太常，與之紀綱古訓，從之，禮賜如三公，著賦二十篇，諫格虎其一也。諫格虎者，則亡諸大夫下國之君之詞也，前半下國之君，盛矜格虎之娛心，能張罝羅刃，自爲至樂，極鋪張之能事。後半亡諸大夫與之言同樂「謂夫兕虎之生，與天地偕，山林澤藪，又其宅也，被有德之君，則不爲害，今君荒於遊獵，莫恤國政，驅民入山林，格虎於其廷，妨害農業，殘夭民命，國政其必亂，民命其必散，國亂民散，君誰與處，以此爲至樂所未聞也，於是下國之君乃頓首曰，臣實不敏，習之日久矣，幸今承誨，請遂改之，」亦猶東都主人，折以法度之旨。第彼尙宏麗，此尙樸質，賦訓爲鋪，義取鋪張，循名責實，是賦一問一答，有如散文。而章約句制，頗得古典之遺型，臧家世經學相承，此作朴實說理，其原蓋出於禮經歟。

孔臧楊柳賦　此爲四言體，間以六言，亦以立意爲宗，不以能文爲美，故是篇首敘種植之勤，次敘滋長之速，又次敘東西南北之所臨，朋友几筵詩酒之至樂，皆樸質以謝華，末敘已賴柳甯，物貴可銘，以明非漫爲賦者，通體雖止四韵，而體物敷詞，絕無繁音蕪氣，此有韵之文之最堅緻者，璞玉可味，其原蓋出於詩經歟。

孔臧鴞賦　此純爲四言，首敘鴞集屋隅，覩之而懼，迺覽攷經書，潛究祥妖之應，於是本賈誼忌鵩之指，咨文彥滅邪之化，而棲老氏養志之疇，結言「時去不索，時來不逆，庶幾中庸，仁義之宅，何思何慮，自令勤劇，」擷繫辭之菁英，約儒家之正誼，其原蓋出於易經歟。

王逸機婦賦　逸初元中爲校書郎，順帝時進侍中，著楚詞章句及賦誄等凡二十一篇，機婦賦其尤著也。首段渾括織機功用之大，大字爲一篇主腦，以下皆從此生發。次敘織機之肇端，悟七襄而制布帛，取衡桐岳樟爲材，歷五嶺九岡諸地，乾形兊像則擬平川光昭日月，軸法臺星，說大處奇幻之至。又次敘織機之功用，逐層寫來，筆墨複沓，而敘法極變動，說大處精能之至。入後說到機婦，層次井然，其言曰「於是暮春代謝，朱明達時，蠶入告訖，舍罷獻絲，或黃或白，蜜臘凝脂，纖纖靜女，經之絡之，爾乃窈窕淑媛，美色貞怡，解明珮，釋羅衣，披華幕，登神機，乘輕杼，攬床帷，動搖多容，俯仰生姿，」說理洞達，而郤斌媚有致，其功用之大，不說明尤妙。收處看似詞氣未畢，而轉有風神，動搖生姿，可以移贈斯賦。

揚雄太玄賦　子雲以爲經莫深於易，故作太玄以擬之，言其理微妙極於幽玄也。所作太玄賦，推太玄之理，以保性命之眞，西京雜記云，揚雄作太玄，夢白鳳凰集其上，按玄字之名，出於老子，（老子曰故常無欲以觀其妙。常有欲以觀其徼。此兩者同出而異。同謂之玄。玄之又玄。衆妙之門。老子以有無二字代陰陽。以玄字代太極。所謂眞宰。眞空即玄之義也。玄與空同。玄之又玄。猶言空之又空也。非指有欲無欲言。故又言玄牝。）雄之所著，名曰太玄，則玄字之義，與大易所言「極深研幾」相符。玄學者，所以宅心空虛，靜觀物化，合儒道之說，而成一高尙之哲理者也。漢書本傳，載作甘泉、河東、長楊、羽獵四賦，藝文志雜賦類，又有雄賦十二篇，此賦與蜀都逐貧兩賦，蓋在十二篇中。其詞曰，「觀大易之損益兮，覽老氏之倚使，」開首二語，頗析孔老之精，儒道本出兩家，而朱子謂雄之學，出於老子，如太玄曰，潛心於淵，美厥靈根，測曰，潛心於淵，神不昧也，此爲老氏說而子雲宗之，至是道家之說，始於易理相融。又曰「省憂喜之共門兮，察吉凶之同域，皦皦著乎日月兮，何俗聖之暗燭，豈愒（一作怗）寵以冒災兮，將噬臍之不及，若飄風不終朝兮，驟雨不終日，雷隆隆而輒息兮，火猶熾而速滅，自夫物有盛衰兮，況人事之所極，奚貪婪於富貴兮，迄喪躬而危族，豐盈禍所棲兮，名譽怨所集，薰以芳而致燒兮，膏含肥而見焫，翠羽嬍而殃身兮，蚌含珠而擘裂，聖作典（一作禮）以濟時兮，驅蒸民而入甲，張仁義以爲綱兮，懷忠貞以矯俗，指尊選以誘世兮，疾身歿而名滅，豈若師由聃兮，執玄靜於中谷，」憂喜聚門二句，本賈誼鵩之文，世俗唯昧此理，故以驟雨飄風爲喻，此用老氏語也，雄迺參貫老之言而作解嘲，觀雷觀火，因悟位極宗危，而歸本於知玄知默，已通儒道之郵。次復因物以譬人，以見誘世貪名，不若以虛下爲谷，谷神不死，是爲玄牝，列子以爲黃帝之言，至老子迺大發之，精微之至，洞見本原，又曰，「納僊祿於江淮兮，揖松喬於華岳，升崑崙以散髮兮，踞弱水以濯足，朝發軔於流沙兮，夕翱翔乎碣石，忽萬里而一頓兮，過列仙以託宿，役青要與承戈（一作弋）兮，舞馮夷以作樂，聽素女之清聲兮，觀虙妃之妙曲，茹芝英以禦餓兮，飲玉醴以解渴，排閶闔以窺天庭兮，騎騂驪以踟躕，載羨門與僊游兮，永覽周乎八極，僊祿，松喬，青要，承戈，素女，虙妃，羨門，僊游，皆仙人也。自老氏言「谷神不死，」而莊列之流，皆有厭棄塵世之見，往往託言仙術，以寫其憶，按班志著錄流別，道家廁九流之中，神仙入方伎之內，截然兩塗，自老氏以史官而託游仙，史職末流，流爲方士，始合而爲一。故劉向遂列老氏於神仙傳中，雄敷陳緒義，長生之說，已符神仙，此復因玄理而陳仙術，則尤爲其學出於老氏之一證。亂章歷舉古賢智若深淵，而終不得其死，迺執太玄以破拘攣之習，故玄學範圍愈擴，遂與儒學並衡，而正始之玄風，亦自此啓矣，其弊也，治玄學者矜浮誕而賤名檢，且與儒學相詆排者，

王褒洞簫賦　子淵，宣帝時官諫議大夫，帝以太子疾，詔褒等入宮娛侍，朝夕誦奇文，及所自造作，疾乎，太子嘉褒所爲甘泉及洞簫頌，令後宮貴人左右悉誦讀之。漢書音義如淳曰，洞者，通也，簫之無底者，釋名簫，肅也，言其聲肅肅然清也。子淵是賦，首敘簫幹之所生，唯江南條暢罕節，兼敘其所生之時地，與其地之猿鶴禽蜩，以明本體清而獲諡幸，看似實寫，只虛敘作一頓。次敘洞簫之製，雕飾相著，功夫細密，俾冥昧者得專發憤乎音聲，以是聲之所出，形氣相隨，其高下疾徐，卽與歌謠相龢，而遮其蹊徑，又作一頓。以下則專論音聲之道矣，其詞曰，「故聽其巨音，則周流汜濫，并包吐含，若慈父之畜子也。其妙聲則清靜厭瘱，順敘卑迖，若孝子之事父也，科條譬類，誠應義理，澎濞慷慨，一何壯士，優柔溫潤，又似君子，故其武聲則若雷霆輘輷，佚豫沸渭，其仁聲則若飄風紛披，容與而施惠，或雜遝以

聚歛兮，或拔𢿱以奮奔，悲愴怳以惻惐兮，時恬淡以綏肆，哀悁悁之可懷兮，良醰醰而有味，故貪饕者聽之而廉隅兮，狠戾者聞之而不懟，剛毅彊虣反仁恩兮，嘽㗊逸豫戒其失，鍾期牙曠悵然而愕立兮，杞梁之妻，不能爲其氣，師襄嚴春不敢竄其巧兮，浸淫叔子遠其類，嚚頑朱均惕復慧兮，桀跖鬻博儡以頓頓，吹參差而入道德兮，故永御而可貴，時奏狡弄，則彷徨翺翔，或留而不行，或行而不留，愺恅瀾漫，亡耦失疇，薄索合沓，罔象相求，故知音者樂而悲之，不知音者怪而偉之，故聞其悲聲，則莫不愴然累欷，擎涕抆淚，其奏歡娛，則莫不憚漫衍凱，阿那腲腇者已，是以蟋蟀蚸蠖，蚑行喘息，螻蟻蝘蜒，蠅蠅翊翊，遷延徙迤，魚瞰雞睨，垂喙蜿轉，瞪瞢忘食，況感陰陽之龢，而化風俗之倫哉，」以上專論音聲感人至深，而化人甚速，刺取古事以爲引，以明聲之所入，心之所出，與萬化冥而爲一，下至蟲魚之微，皆知應躍，係用逆筆，然後折轉人爲天地之德，陰陽之交，倍覺得力，亂章狀其聲之狀，頗極變化，本文「條暢洞達」四字，可以移贈，蓋古之詞人，必通音律，子淵是賦，雖賦洞簫一物，而洞明樂理，其原蓋出於樂經，彥和所謂窮變於聲貌者，非溢譽也。近儒章氏作辨樂篇，亦曰褒矣，吾不得而見之矣，達論哉。

傅毅舞賦　高唐神女諸賦，皆以問答發端，序卽賦之正文，傅武仲作舞賦，正擬高唐遺格，問答全用韵語，與後自成一篇。是賦全文，載入文選，而古文苑宋玉舞賦，所少十分之七，而中間精語，如華袿三句，羅衣從風八句，紆形赴遠四句，亦不多得，藝苑卮言，疑武仲衍玉賦爲己作，或曰唐歐陽洵簡節其詞，編入藝文類聚，而好事者以前有楚襄宋玉唯諾之詞，遂指爲玉所作，其實非也。章樵謂假說古人，賦家常例，不可據之標目，其說頗允，呂氏春秋曰，昔陰康氏之始，陰多滯伏湛積，陽道壅塞不行，其序民氣鬱閼，筋骨縮栗不達，故作爲舞以宣導之，武仲時古舞未亡，蓋猶目覩其式，故其所言，深切著明，迄今獲窺古舞之崖略者，獨賴此篇之存，玆錄其全文，幷注明其所刪節者，俾考古舞者有所覽焉。

楚襄王既遊雲夢，使宋玉賦高唐之事。（此句歐刪）將置酒宴飲，謂宋玉曰：寡人欲觴羣臣，何以娛之。玉曰：臣聞歌以詠言，舞以盡意，是以論其詩不如聽其聲，聽其聲不如察其形，（自歌字起全刪）激楚結風陽阿之舞，材人之窮，觀天下之至妙，噫可以（以字刪）進乎。王曰，其如鄭何。玉曰，小大殊用，鄭雅異應，弛張之度，聖哲所施，是以樂記干戚之容，雅美蹲蹲之舞，禮設三爵之制，頌有醉歸之歌，夫咸池六英，所以陳清廟，協神人也，鄭衞之樂，所以娛密坐接歡欣也，餘日怡蕩，非以風民也，其何害哉。（自王曰起全刪）王曰，試爲寡人賦之。玉曰，唯唯，「夫何皎皎之閒夜兮，明月爛以施光，朱火曄其延起兮，燿華屋而熺洞房，黼帳袪而結組兮，鋪首炳以焜煌，陳茵席而設坐兮，溢金罍而列玉觴，騰觚爵之斟酌兮，漫旣醉其樂康，嚴顏和而怡懌兮，幽情形而外揚。文人不能懷其藻兮，武毅不能隱其剛，簡惰跳啗般紛挐兮，淵塞沈蕩改恆常。」（自夫何起全删）首段敘舞場之設施，與舞客之牽引，各思騁能，頓失常度。此題前應有之義，删卻此段，局勢卽嫌太驟。「於是（歐改爾乃）鄭女出進，二八徐傳，姣服極麗，姁媮致態，貌嫽妙以妖蠱（歐改冶）兮，（兮字删）紅顏曄其陽華，眉連娟以增繞兮，（兮字删）目流睇而橫波，珠翠的皪而炤燿兮，（兮字删）華袿飛髾而雜纖羅，顧形影，自整裝，順微風，揮若芳，動朱脣，紆清揚，亢音高歌，（亢字上歐增而字）爲樂之方，」此段言舞女之儀飾，與將歌時之狀態。舞者所以練形，舞不具則雖歌猶無樂，歌者所以悅耳，歌不具則雖舞亦猶無樂，廻應序歌詠言舞盡意。「歌曰，攄予意以弘觀兮，繹精靈之所束，弛緊急之絃張兮，慢末事之骫曲，舒恢炱之廣度兮，闊細體之苛縟，嘉關雎之不淫兮，哀蟋蟀之局促，啓泰眞之否隔兮，超遺物而度俗，揚激徵，騁清角，贊舞操，奏均曲，形態和，神意協，從容得，志不劫。」（歌詞全删）此言審聲知音，頗有從容自得之妙。「於是躡節鼓陳，舒意自廣，遊心無垠，遠思長想，」（四句删）此言躡鼓以爲節，乘物以遊心也。又曰「其始興也，若俯若仰，若來若往，雍容惆悵，不可爲象。其少進也，若翺若行，若竦若傾，兀動赴度，指顧應聲，（少進一段删）羅衣從風，長袖交橫，駱驛飛散，颯擖合并，鶣鷅燕居，拉揩鵠驚，（鶣鷅二句删）綽約閑靡，機迅體輕，資絕倫之妙態，懷慤素之潔清，修儀操以顯志兮，獨馳思乎杳冥，在山峨峨，在水湯湯，與志遷化，容不虛生，明詩表指，喟息激昂，氣若浮雲，志若秋霜，觀者增歎，諸工莫當。」（自資絕倫句起至此全删）此段言停節之間，形態頓變，赴度之頃，指目皆應。「或屈折而飛揚，或迅疾而閑靡，素態如搦，復從修儀顯志，插高山流水，浮雲秋霜形容之，折到觀者增歎，廻應材人之窮觀」句。又曰「於是（於是二字删）合場遞進，案次而俟，埒材（材字歐改作簇）角妙，夸容乃理，軼態橫出，瑰姿譎起，眄般鼓則騰清眸，吐哇咬則發皓齒，摘齊行列，經營切儗，彷彿神動，廻翔竦峙，擊不致策，蹈不頓趾，翼爾悠往，闇復輟已。」（自眄般鼓起至此全删）此段言接曲之次，姿態皆妙，與眸齒相應。「凡舉引神動，擊蹈往復，唯其鼓律引而止，及至（二字删）廻身還入，迫於急節，浮騰累跪，跗蹋摩跌，（此二句删）紓形赴遠，漼似摧（歐改作擢）折，纖縠蛾飛，紛（歐改作繽）猋若絕，超逾鳥集，縱弛殟歿，蜲蛇姌嫋，雲轉飄曶，（此四句删）體如游龍，神如素蜺，黎收而拜，曲度容畢，（素蜺二句删）遷延微笑，退復次列，觀者稱麗，莫不怡悅。」（改本至此完，以下全删）此段言曲終舞急，儀容愈妙，足跗相應，復從紆形赴遠，插蛾飛鳥集雲轉遊龍素蜺形容之，折到觀者稱麗，𢌞應「天下之至妙」句。「於是歡洽宴夜，命遣諸客，擾攘龍駕，僕夫正策，車騎竝狎，巃嵸逼迫，良駿逸足，蹌捍淩越，龍驤橫舉，揚鑣飛沫，馬材不同，各相傾奪。或有踰埃赴轍，霆駭電滅，蹠地遠羣，闇跳獨絕。或有宛足鬱怒，般桓不發，後往先至，遂爲逐末。或有矜容愛儀，洋洋習習，遲速承意，控御緩急，車音若雷，騖驟相及，駱漠而歸，雲散城邑，天王燕胥，樂而不泆，娛神遺老，永年之術，優哉游哉，聊以永日。」此段言宴罷遣客，車馬紛散，收到永年永日，𢌞應「餘日怡蕩」，章法完密，漢後古樂散佚，樂舞亦亡，人舞雖存於日本，已不足賅樂舞之全，至優伶之舞，悉形象成事爲之，既昧樂理，復乖節度，蓋不足以裁制血氣也久矣，安得起武仲而度齊之。

馬融長笛賦　融將作大匠嚴之子，爲人美容貌，有儁才，好吹笛，爲校書郎，自序爲郵督，無留事，獨臥郿縣平陽郡鄔，中有雒客舍逆族，吹笛爲氣，出精列相和，因慕王子淵枚乘劉伯康傅武仲等簫琴笙頌，唯笛獨無，聊復作長笛頌以備數，賦之言頌者，頌亦賦之通稱也。首段叙篠簜所生之地，及所發之聲，而括以危險之所迫，悲哀之所積，已伏後案，次接叙放臣逐子，離妻弃友，聆應者之風奮，適如發者之籟鳴，伐而爲之，比律而協呂，而笛名之所繇定，次復接叙工師巧士，公子王孫，觀曲胤之繁多，審衆音之互變，悅而比之，以湊會而趣期，而吹者之所繇集，此二段與宋玉笛賦意相似，而詞特雅麗，以下論樂之音，窮樂之理，即小喻大，頗關宏妙，其詞曰，「爾乃聽聲類形，狀似流水，又象飛鴻，氾濫溥漠，浩浩洋洋，長矕遠引，旋復廻皇，充屈鬱律，瞋菌碨柍，酆琅磊落，駢田磅唐，取予時適，去就有方，洪殺衰序，希數必當，微風纖妙，若存若亡，藎滯抗絕，中息更裝，奄忽滅沒，曄然復揚，或乃聊慮固護，專美擅工，漂淩絲簧，覆冒鼓鐘，或乃植持縼纏，佁儗寬容，簫管備舉，金石並隆，無相奪論，以宣八風，律呂既和，哀聲五降，曲終闋盡，餘絃更興，繁手累發，密櫛疊重，踾踧攢仄，蜂聚蟻同，衆音猥積，以送厥終，然後少息蹔怠，雜弄間奏，易聽駭耳，有所搖演，安翔駘蕩，從容闡緩，惆怨懟窾，闉竇皮赦，聿皇求索，乍近乍遠，臨危自放，若頹若反，蚡蝹蟠紆，經寃蜿蟺，笢笏抑隱，行入諸變，絞槩汨湟，五音代轉，挼拏捘臧，遞相乘邅，反商下徵，每各異差，故聆曲引者，觀法於節奏，察度於句投，以知禮制之不可踰越焉，聽簉弄者，遙思於古昔，虞志於怛惕，以知長戚之不能閒居焉，故論記其義，協比其象，徬徨縱肆，曠養敞罔，老莊之槩也，溫直擾毅，孔孟之方也，激朗清厲，隨光之介也，窂刺拂戾，諸賁之氣也，節解句斷，管商之制也，條決繽紛，申韓之察也，繁縟絡繹，范蔡之說也，剺櫟銚㦤，皙龍之惠也，上擬法於韶箾南籥，中取度於白雩淥水，下采制於延露巴人，是以尊卑都鄙，賢愚勇懼，魚鱉禽獸，聞之者莫不張耳鹿駭，熊經鳥伸，鴟視狼顧，拊譟踊躍，各得其齊，人盈所欲，皆反中和，以美風俗，屈平適樂國，介推還受祿，澹臺載尸歸，皋魚節其哭，長萬輟逆謀，渠彌不復惡，蒯聵能退敵，不占成節鄂，王公保其位，隱處安林薄，宧夫樂其業，士子世其宅，鱏魚喁於水裔，仰駟馬而舞玄鶴，于斯時也，縣駒吞聲，伯牙毀絃，瓠巴聑柱，磬襄弛懸，留眎瞠眙，累稱屢讚，失容墜席，搏拊雷抃，僬眇睢維，涕洟流漫，是故可以通靈感物，寫神喻意，致誠効志，率作興事，溉盥污濊，澡雪垢滓矣，」此數段辨音聲於至微，分合奏，獨奏，兩層寫，以記義協象，闡明之，分點諸家以窮其變，隱括上中下以要其歸，極人類物類之萬有不齊，而皆各得其齊，見崇化厲俗，義有所本，復剌取古事雜說，逐層引入，見納正滌邪，義有所取，說得一笛之微弘妙若此，又曰「昔庖犧作琴，神農造瑟，女媧制簧，暴辛爲塤，垂之和鐘，叔之離磬，或鑠金礱石，華睆切錯，丸梴雕琢，刻鏤鑽笮，窮妙極巧，曠以日月，然後成器，其音如彼，唯笛因其天姿，不變其材，伐而吹之，其聲如此，蓋亦簡易之義，賢人之業也，若然六器者，猶以二皇聖哲黈益，況笛生乎大漢，而學者不識其可以裨助盛美，忽而不讚，悲夫，」此言六器之用，皆遜笛之自然，然猶賴二皇聖哲，持久以成，然後折轉笛生大漢，當王者貴，以見讚美之不容已，而收處故作一嘆，飈起文情，而弘妙之意，倒提先伏於此，千鈞之力，未託邱仲以為詞，詞頗莊雅可誦，笛之為器，邱仲自擅修能，季長能傳妙理，所言如許關係，故其詞繁而不費，合觀三賦，文選列入音樂一門，洵不愧音樂之妙也。

馬融弈賦　孟子曰，弈之為數，小數也，趙歧注，弈圍棊也，陸賈新語，圍棊兵法之類，季長作圍棊賦，卽本斯指，其詞曰，「略觀圍棊兮，法於用兵，三尺之局兮，為戰鬬場，」新語言上者張置疏遠，多得道而勝，中者務相遮絕，爭便求利，下者守邊隅以作罫，猶薛公之言黥布反也，上計取吳楚廣地，中計塞成皋遮要爭利，下計據長江以臨越，作罫者也。又曰「陳聚士卒兮，兩敵相當，拙者無功兮，弱者先亡，」棊以智取，亦以氣勝，拙本作怯，弱作貪，怯則志挫，貪則無謀，弈戰皆然。又曰，「自有中和兮，請說其方，」中和猶中庸，棊術高妙，未易言盡，姑論中庸之方略，又曰「先據四道兮，保角依旁，緣邊遮列兮，往往相望，離離馬首兮，連連雁行，」言布子欲疏，勢貴相屬也。又曰，「踔度間置兮，徘徊中央，」前行覘敵曰踔，引彼聯此曰度。又曰，「違閣奮翼兮，左右翺翔，」置其所攻曰違，制其欲逞曰閣。又曰，「道狹敵衆兮，情無遠行，棊多無筋兮，如聚羣羊，」筋與策同，算也，兵法多算勝。又曰，「駱驛自保兮，先後來迎，攻寬擊虛兮，蹌踤內房，」蹌踤，本作槍祥，又作棓，兵杖也，天文志，有天槍天棓星，見則兵起。又曰，「利則爲時兮，便則爲強，厭於食兮，壞決垣牆，堤潰不塞兮，泛濫遠長，」敵可取不取，當備不備，必貽後悔。班固奕旨，一孔有闕，壞頹不振，有似瓠子泛濫之敗。又曰，「橫行陣亂兮，敵心駭惶，迫兼恭雜兮，頗弃其裝，」雜與岳同，棊心并四面各據中一子，謂之王，岳言不可動搖也，此而見迫，棊勢危矣，將有弃其資裝而遁者。又曰，「已下險口兮，鑿置淸坑，」既已出險，當設險以待敵口，如飛狐之口，井陘之口，皆險要用奇處。又曰，「窮其中罫兮，如鼠入囊，」即新語所謂作罫也。又曰，「收死卒兮，無使相迎，當食不食兮，反受其殃，勝負之擛（一作策）兮，於言如髮，乍緩乍急兮，上且未別，白黑紛亂兮，於約如葛，雜亂交錯兮，更相度越，守規（一作現）不固兮，爲所唐突，深入貪地兮，殺亡士卒，狂攘相救兮，先後并沒，上下離遮兮，四面隔閉，圍合罕散兮，所對哽咽，韓信將兵兮，難通易絕，自陷死地兮，設見權譎，」井陘之戰，至危之險著也，信與張耳兵數萬，欲東下井陘擊趙，及間視，不用左車之策，乃敢引兵遂下，夫曰欲，曰乃敢，此中大有權譎，在信蓋智勇天授，老於行間，必不肯犯險以冀倖於萬一，其言兵法置之死地而後生，難爲死守訓詁者言也，不然，漢王嘗以十萬之兵，夾濉水而陣，爲楚所蹙，此與置之死地者何異哉，唯奕亦然。又曰，「誘敵先行兮，往往一室，捐棊委食兮，遺三將七，」韓信未出井陘，先使萬人誘敵，旣而入空壁，立赤幟，其視敵壘，猶己一室，有所弃以陷敵也，此卽欲取姑與之計。又曰，「遲逐爽問兮，轉相伺密，」勿迫以怠之，詆辭以誤之。又曰，「商度道地兮，棊相連結，蔓延連閣兮，如火不滅，扶疏布散兮，左右流溢，浸淫不振兮，敵人懼慄，迫促踧踖兮，惆悵自失，計功相除兮，以時各旦一作訖，事留變生兮，拾棊欲疾，營惑窘乏兮，無令詐出，深念遠慮兮，勝乃可必，」此卽孔子好謀成事之說也。玩全篇語意，句句言圍棊，句句言兵法，指顧局中，若卽若離，不讀孫吳，而暗與之理會，剴切開詳，全是神智發揮之妙，得其意者，定當不戰屈人，徒賞其筆陣堅奇，八門五花，層翻疊變，猶末也。

杜篤首陽山賦　史記伯夷叔齊，孤竹君之二子也，聞西伯昌善養老，盍往歸焉，及西伯卒，武王伐紂，叩馬而諫，武王已平殷亂，天下宗周，夷齊恥之，義不食周粟，隱於首陽山，采薇食之，餓死，杜季雅作首陽山賦，賦其事乎，賦其人也。是賦首敍首陽形勢，面河抗巖，上覆靑羅，下通穴溜，岫帶巖側，房隱雲中，歷歷寫來，便見得此山景象之不凡，此中有人，呼之欲出，中敍忽睹二老，詢其來遊之故，則直告以爲殷遺民，幷自陳伐閔，聞西伯養老，特相攜來，此殷遺民三字，妙在自夷齊口中說出，淸態如掬，已伏下卒命之根末言師與牧野，遂弃北海之居，來就西山之食，且既爲遺民，與其從太公而爲周之臣，不如從比干而爲殷之鬼，蓋此心蓄之於中也久，故叩馬一諫，硉矹峥嶸，千載如覩，然則首陽片石，賢於東海一竿遠矣。一問一答，猶沿漢賦形式，而叙事頗晰，約義甚精，有關世道人心之作。

班固竹扇賦　西京雜記云，漢制，天子玉几，夏設羽扇，冬設繒扇，至成帝時，昭陽殿始有九華扇，五明扇，及雲母孔雀翠羽等名，其華飾侈麗，不言可知，孟堅當肅宗朝，以竹扇供御，蓋中興以來，屏去奢靡，崇尚樸素所致，賦而美之，所以彰盛德養君心也。其詞曰，「青青之竹，形兆直妙，華長竿紛寶翼杳篠，叢生於水澤，疾風時紛紛蕭颯，削爲扇翣成器美，託御君王供時有度量，異好有圓方，來風辟暑致清涼，定體定神達消息，百王傳之賴功力，壽考康寧累萬億」。開首緊切竹字發揮，便見樸素無華之可貴，導君於尊尚之正，卓然儒者之文，中叙扇之形式，方圓隨人所製，清涼因時而宜，妙在以自然出之，故其言親切而有味，結到壽考康寧，頌美君王，立言尤爲得體，東京之賦，漸趨簡鍊，渾灝之氣，遠遜西京，是賦樸實說理，要言不煩，詞亦簡古蒼老，自是作手。

張衡温泉賦　漢地理志，京兆尹新豐縣驪山有神井，泉温如湯，辛氏三秦記云，湯可去疾消病，張平子作溫泉賦，序言適驪山觀溫泉，浴神井，美洪澤之普施也，其言「壯厥類之獨美，思在化之所原，」此二語，非淺見人所能道，必於熱度質劑，擘索極精，始能識其原而誦其美。又曰，「控湯谷乎瀛洲，濯日月乎中營，」此二語，包括甚宏，山海經湯谷上有扶桑池，日所浴也，日月坎離之精，濯乎其中，故掖泉而溫，又曰「蔭高山之北延，處幽屏以閒淸，於是殊方跋涉，駿奔來臻，士女曄其鱗萃，紛雜遝其如絪，亂曰，天地之德，莫若生兮，帝育蒸人，資厥成兮，六氣淫錯，有疾癘兮，溫泉汩焉，以流穢兮，蠲除苛慝，服中正兮，熙哉帝載，保性命兮，」按開山圖云，麗山西北有溫池，漢武故事，所謂驪山溫池是也，自漢以來，士女遊觀，爲著名古蹟，帝王嘗臨幸之，世稱其中淸池在焉，衡爲是賦，疑係屬和之作，玩其詞意，曰資成，曰熙載，曰保性命，皆屬頌揚之語，語似映帶，且廻應「洪澤普施，」章法完密，序中有「此湯也不使灼人形體矣，」今本漏載，又胡本，山東有溫泉，水出北山阜，炎熱特甚，去湯十許步，別池始許入，側石有銘云，皇女湯可以療萬疾，此卽平子南都賦所謂湯谷涌其後也，別爲一泉，予嘗謂兩漢經天緯地之文，只平子一人而已，讀平子天象賦，可以知其天算之密，讀平子溫泉賦，可以窺其地學之精，（日本多地動因祀張衡）崔瑗譔衡碑文曰，數術窮天地，制作侔造化，豈溢美哉。

張衡冢賦　古者不預凶事，冢壙卜葬而後穿築，至春秋時，晉文公有功於周，請隧弗許，曰，王章也，釋者云，闕地通路曰隧，王之葬禮也，晉文以此爲請，則預爲冢壙矣，漢之人主，多預爲陵廟，則士大夫必有預爲冢兆者，平子所作冢賦，殆亦預築之冢耶，詳觀此賦，首敍登山相度，覩山岡蜿蜒來，驟歙驟張，迺有起伏，次叙隱山平陸，刊林鑿石起壟構榔，明冢之所繇築，次叙枕南向北，石壇竹域，系以修隧，曲折迤靡，洽以溝瀆，又復樹木繁霜，蔚爲奇觀，明築之所繇成，又次叙相宇立堂，直繩正日，玄室掖門，次第營構，直渠平岸，舟車交通，明冢之上下左右，應有盡有，平子固著靈憲算罔論者，揆日景以定方隅，是其餘技，末言「寒淵慮弘，存不忘亡，恢厥廟壇，祭我兮子孫，定兆之形，規矩之制，希而望之方以麗，踐而行之巧以廣，幽墓既美，鬼神既寧，降之以福，如水之平，如春之卉，如日之升，」此段明形制既美，神靈亦妥，錫福後嗣，悠久無疆之義，按青囊爲秦人所著，赤電爲子房所傳，平子既精地學，豈有擇地而不精耶，王充論衡云，孔子當泗水之葬，泗水爲之卻流，言以德勝也，平子詎不知之，毋亦覩蒿里誰家不封不樹而有慨於中耶，抑漢承秦敝，築壙盛極前古，平子猶未能免俗也。

張衡舞賦　爾雅舞以土地名之，有周舞，巴渝舞，淮南舞，客有觀舞於淮南者，平子乃美而賦之，其詞曰，「音樂陳兮旨酒施，擊靈鼓兮吹參差，叛淫衍兮漫陸離，」首叙陳樂飲酒，先題一層，然後落到日暮皆醉，美人起舞，章法不紊，其言曰，「乃修容而改服，襲羅縠之雜錯，申綢繆而自飾，拊者啾其齊列，盤鼓煥以駢羅，抗修袖以翳面，展清聲而長歌，」上四句描寫舞服之飾，舞侶之列，盤鼓者，言舞之折盤，隨鼓聲而旋轉也，平子又有七盤舞賦，此處似有闕文，抗修袖二句，展聲長歌，嬌羞如畫，「歌曰，驚雄遊兮孤雌翔，臨歸風兮思故鄉，搦纖腰兮互折，嬛傾倚兮低昂，增芙蓉之紅華兮，光灼爍以發揚，騰嫮目以顧眄，眄爛爛以流光，」此美人所歌之曲，曰孤翔，曰思鄉，若自傷身世也者，又曰，「連翩絡繹，乍續乍絕，裾似飛鸞，袖如迴雪，」四句，描摹舞態，維妙維肖，又曰「於是粉黛弛兮玉質粲，珠簪挺，（一作挺）兮緇髮亂，然後飾笄整髮，被纖垂縈，同服駢奏，合體齊聲，進退無差，若影追形，」此言舞罷整容，宛轉合度，具見驚鴻遊龍之妙，今之瓊閨弱質，日以跳舞為戲，而漫無拘檢者，令平子觀之，其賦心當不知作何感想也。

黃香九宮賦　文強博通經典，究精道術，能文章，初除郎中，肅宗詔詣東觀，讀所未見書，累遷尚書令，所著賦牋等凡五篇，而九宮賦其最也，河圖之數，戴九履一，左三右七，二四為肩，六八為足，五居中央，從橫十五，易乾鑿度曰，太一取其數以行九宮，鄭玄注云，太一者，北辰神名也，下行八卦之宮，每四乃還於中央中央者，地神之所居，故謂之九宮，天數以陽出，以陰入，陽起於子，陰起於午，是以太一下行九宮，從坎宮始，自此而坤宮，又自此而震宮，既又自此而巽宮，所行者半矣，還息於中央之宮，既又自此而乾宮，自此而兌宮，自此而艮宮，自此而離宮，行則周矣，上游息於太一之星而反紫宮，行起從始坎宮而終於離宮也，其詞曰「伊黃虛（一作靈）之典度，存斗文之會宮，翳華蓋之葳蕤，依上帝以隆崇，握（一作提）璇璣而布政，摠四七而持綱，和日月之光曜，均節度以運行，序列宿之煥爛，咸垂景以煌煌，歷天陰之晦暗，陽玉石以炳明，」首段天文煥發，紫氣紅塵，望中千里，不愧巨儒之言，楊泉物理論謂極北爲太陰，故爲陰晦，極南爲太陽，故爲陽明，玉石，陽物也，考尙書顧命西序河圖，與大玉夷玉天球並列，似河圖爲玉石，據曹魏時，張掖出石圖，高堂隆以比東序之世寶，則河圖當爲石無疑。俞玉吾云，天球，玉也，河圖與天球並列，蓋玉之有文者，又曰，「鏡大道之浩廣，泑沈漭以坱圠，眪旭歷而銳（一作銑）鋃，廓峴峗以閌閬，卽蹴縮以擻檽，坎熤援以湝煬，驟騮驪以羌羸，磋騾皓鎬以駭樂，銀佛律以順游，徑閶闔而出玉房，」此段言以明歷推算，始知浩博之中，分爲九宮，先震巽二宮，巽爲二陽之地，故羣陰蹴縮，震居正東之位，故衆木檄檽，次坎離二宮，九宮之始終，坎中有火，離中有水，故錯言之，蓋湇爲水之源，煬爲火之熾也，次乾坤二宮，乾爲老馬，瘠馬，坤牝馬，乾坤皆馬，以老稚健順而差別之也，次艮兌二宮，艮爲小石，故曰磋磦，兌正西屬金，故曰皓鎬，駮樂，雜而不齊之貌，落到太一出游，作一頓，又曰，「謁五嶽而朝六宗，對祝融而督句芒，蕩翊翊以斂降，聊優游以倘陽，蹠崑崙而蹈碣石，跪底柱而跨太行，肘熊目而據桐柏，介嶓冢而持外方，浣彭蠡而洗北海，淬五湖而瀨華池，粉白沙而嚵定容，卷南越以騰歷，」此段言太一方出，羣神來朝，祝融南方炎帝之佐，句芒東方青帝之佐，始於坎宮，故對南方之神，而役東方之神，跋山涉水，一路敘來，而終於南越，猶言終於離宮，騰歷而上覆回於中宮也，又曰，「連明月以爲懸，剝騄雞以爲釵，繞續組而攝雲鬱，垂獨繭而服離袿，戴冀岌而帶繚繞，曳陶匏以委蛇，」此段言冠服儀飾之盛，又曰，「乘根車而駕神馬，驂騕褭而俠窮奇，使織女驂乘，王良爲之御，三台執兵而奉引，軒轅乘駏驉而先驅，招搖豐隆騎師子而俠轂，各先後以爲雲車，左青龍而右觜觿，前七星而後騰蛇，徽太一而聚羣神，趣熒惑而叱太白，東井輟一作輒鞢而播洒，彗孛佛仿以梢擊，四徼塵於千道，絕引者而驚蹕，蚩尤之倫玢璘而要斑爛，垂又作乘金干而揵又作建雄戟，操巨橥之璥弩，齊佩機而鳴廓，狠弧彀張而外饗，枉矢持送以岸崿，迅衝風而突飛電，」此段言輿馬扈從之盛，又曰，「振雲嵱岫而上崆山，巃狡猾又作猾而蹴踐蜊，走札揭而獠桔梗，一作繚結便櫟略玃而突列，蛸槁肩而郤粱黨，吒巷溏而觸螟蜓，抶礰一作磿而扑雷公，摽擎缺而拂勃決，奮雲旗而椎又作撞鴻鐘，聲淳淪又作綸以純命，四海澹而柘地梁，碎太山而刺嵩高，吸洪河而啜九江，登嶕嶢之釐臺，闕天門而閃帝宮，享嘉命而延壽，樂斯宮之無窮，」此段太一出遊，所至妖星厲鬼，莫不屏除顛仆，故能奮雲旗以覆於下，椎洪鐘以宣其和，存天地之純氣，是以四海淸晏，而下士蒙福也，末言喬岳可隳，江河可竭，而此九宮定位，未嘗變遷，游行周復於中宮，所謂長於上古而不老，超乎天地而永存也，按河圖之數，與洪範初一至次九相合，是圖書爲易範之所由生，正不得以其傳自方外疑之，近儒迺謂九宮之說，語鄰荒渺，說等無稽，然溯其起原，漢儒早已昌其說，焦延壽馬融鄭玄輩，皆主卦氣，始於中孚，卽張平子力排圖讖，亦不廢九宮風角之占，且其法順數逆，縱橫曲直，皆有明法，並非靈祕之談，文強作是賦以闡其悔，斗字雷文，寶光映天，是一代雄博絕麗之業，隋之九宮行棋經，九宮八卦式圖，唐之太一九宮雜占，遁甲九宮八門圖，皆由此衍化而成者也，或以九疇之故，指此爲洛書，然九疇有次第無方位也，強配八卦以附會之，豈理也哉。

張超誚青衣賦　超良之後也，有文行，從討黃巾有功，爲別部司馬，所著賦頌等凡十九篇，而誚青衣賦尤著名。或謂蔡邕作青衣賦，志蕩詞淫，子並作此以規儆之，不愧益友，此亦肊語耳。伯喈果納婢爲妾，亦非大愆，必誚之胡爲者，矧美人香草，觸手芬菲，爲才人本色，且孔子刪詩，不廢贈芍采桑諸什，屈原作賦，亦有宓妃下女之辭，烏得以此罪伯喈；蓋嘗平心論之，伯喈之賦，才人之賦也，子並之賦，學士之賦也，彼以爲誚青衣者即誚伯喈，誣伯喈實甚。其詞曰，「彼何人斯，悅此豔姿，麗辭美譽，雅句斐斐，文則可佳，志卑意微，鳳兮鳳兮，何德之衰，高岡可華，何必棘茨，醴泉可飲，何必涔池，隨珠彈雀，堂溪刈葵，鴛鶵啄鼠，何異乎鴟」一首段言文詞美麗，志意卑微，以鳳喻詞人，以棘茨涔池喻青衣，隨珠堂溪，鴛鶵，皆喻可貴者，彈雀，刈葵，啄鼠，則自輕甚矣，此賦中之興體，以下則皆敷陳其事而直言之，女色爲禍，刺取詩書與春秋所載者，引以爲戒，其時詩尙未列官學，關雎一篇，毛傳美后妃之德，而齊韓魯三家，以爲刺康王晏朝，孔子大之，列冠篇端，引之以寓勸懲之恉，復舉宴嬰嶲不疑見尊不迷，前半取足逆勢，然後落到麗豎正文，倍覺得力，是文章蓄勢法，末幅抉發臧獲之可賤可鄙，窮形盡相，以明詣之之不容已，至舉贅壻奴父以爲况，說得極周匝，亦爲逆筆，是文章加倍寫法。而以守一思慾爲結穴，揭明正意，以破其立論之非，玩通篇詞意，敍事明，說理透，與平鋪直敍者迥別，漢賦矩矱，於玆可見。

蔡邕筆賦　古者簡牘，畫以鉛槧，至秦蒙恬，始製爲筆，釋文筆，述也，禮曰，士載言，史載筆，古以爲能述事而言，故謂之爲述，又以爲能畢舉萬物之形，亦謂之爲畢，故秦謂之筆，燕謂之拂，楚謂之聿，吳謂之不律，音近而誼同也。邕迺賦之以申其意，其詞曰，「惟其翰之所生，於季冬之狡兎性情亟以慓悍、體遄迅以騁步，削文竹以爲管，加漆絲之纏束，形調摶以直端，染玄墨以定色，」考古今注，蒙恬造筆，以柘木爲管，非竹管也，以鹿毛爲柱，羊毛爲被，非兎毛也，而史記明載蒙恬取中山毫造，屠隆亦言筆之所貴者在兎毫，而冬毫尤堅，是賦首段詳敍以兎毫爲筆，以文竹爲管，以漆絲爲束，以玄墨爲色，頗得官師路扈之製造法，又曰，「畫乾坤之陰陽，讚虙皇之洪勳，敍五帝之休德，揚蕩蕩之明文，紀三王之功伐兮，表八百之肆覲，傳六經而綴百氏兮，建皇極而序彝倫，綜人事於晻昧兮，贊幽冥於明神，象類多喩，靡施不協，上剛下柔，乾坤位也，新故代謝，四時次也，圓和正直，規矩極也，玄首黃管，天地色也」言自結繩之代，凡帝王功德，六經百家，與夫上下幽明之故無不綴錄，末復言功參天地，昌黎詩曰筆補造化天無功，毛穎傳曰，得天與人文之兆，皆本斯意。讀邕篆勢曰「頹若黍稷之垂穎，蘊若蟲蛇之棼緼，」又云「遠而望之，若鴻鵠羣逝，絡繹遷延，迫而視之，端際不可得見，指揮不可勝原，」足盡此賦之妙。

蔡邕彈棊賦　西京雜記云，漢元帝好蹴踘，以蹴踘爲勞，求相類而不勞者，遂爲彈棊之戲，沈存中筆談謂彈棊絕不類蹴踘，頗與擊踘相近，疑是傳寫之訛，棊局方二尺，中心高如覆盂，其巔爲小壺，四角微隆起，白樂天詩云，「彈棊局上事，最妙是長斜，」長斜，謂抹角斜彈一發過半局，今譜中具有此法，邕本斯意，賦之，其詞曰，「榮華灼爍，萼不韡韡，於是列象雕華，逞麗豐腹，斂邊中隱四起，」此即魏文帝彈棊賦云「豐腹高隆，庳根四頹」也，又曰，「輕利調博，易使馳騁，(吳材老引作騁馳)然後我掣兵棊夸驚，或風飄波動，若飛若浮，不遲不疾，如行如留，放一弊六，功無與儔，」此即文帝賦所謂「緣邊間造長斜迭取」也，是賦止十數句，而棊之方式，彈之手勢，活躍紙上，非洞明棊理者不能道，讀季長圍棊賦，「遺三將七，」四字，具見欲取姑與之方，讀伯喈彈棊賦，「放一弊六」四字，具見輕利調博之妙，具此方略，直是讀六韜陰符諸書。

綜漢廷之賦，大體不外以上所述之三者，餘如賈誼簴賦，劉向請雨華山賦，劉歆甘泉宮賦，傅毅琴賦，蔡邕協和昏賦，琴賦，胡栗賦，述行賦，或篇幅不全，或首尾俱闕，或字訛句舛而難讀者，槩闕焉弗錄，蓋自迹熄詩亡，春秋踵作，自茲以降，西漢較爲近古，而東漢則漸趨於整麗，嗣是去古愈久，離道愈遠，以詞賦名家者比之言誇而實浮，詞腴而寡和，甚慕古奥則芟去語助之詞，而不可以句，詞愈多而道愈離，此傳疑之解，所以不敢忘參肊見於其閒也。

第十章　漢代詞賦之變遷

賦之本誼，本訓爲班，言班布具事物也，又訓爲斂，言斂取其事物也，或鋪采而摛文，或體物而寫志，或因變而取會，或觸興而致情，使事遣言，葳蕤紛綸，包羅萬有，仰而風雨露雷，俯而川原岳瀆，植而草木竹卉，動而鳥獸蟲魚，以及京苑宮殿之宏，郊祀蒐狩之盛，禮制樂律之鉅，飲食服用之微，無一物不可以供吾驅策，亦無一事不可以供吾情緒，引譬取類，酌雅宏裁，本此鼓吻乎詞章，因而製成爲體式，然則鴻筆之士，遂守之而弗畔矣乎，曰，有時焉，有勢焉，不可執一以槩論也，西漢詞人，追蹤三古，故其賦多渾樸而疏簡，迄乎東漢，則由簡而趨繁，由樸而趨華，由疏而趨密，雖曰時勢使然，蓋亦文字進化之公例歟。

西京詞賦，首標卿雲，類皆湛深小學，貫練雅頌，綜閱音誼，且多賦京苑，叚借形聲，其時去古未遙，句法簡短，而形容事物，不爽錙銖，是以綴字屬篇，必精揀擇，東漢承流，既與儒林分列，而敬通平子之儔，孟堅伯喈之輩，用字雖猶宗故訓，摛詞亦迥脫恆蹊，而句法較長，即極之研練之詞，亦終遜西京之渾厚，逮乎季葉，中邦多故，思想漸拓，而文字摹擬之風，爲時抨擊，以故客主造端之制，殆成絕響，求所謂雍容揄揚，潤色鴻業，賦兩京以十年，作三都以一紀，蓋已不可得見矣，憂時之士，撫時感事，貴於急就，而驅詞逐貌，迥異前修，故陳思稱揚馬之作，趣幽旨深，讀者非師傳不能析其詞，非博學不能綜其理，匪唯才懸，抑亦字隱，蓋至是賦體已三變矣，由渾樸而變爲濃密，由濃密而變爲清麗，史有斷限，賦亦不能無斷限，建安猶漢年號，賦限唯史限是從，然觀其賦之體勢，已開魏晉綺靡之風，而詩賦且自此易席矣，是建安爲漢賦盛衰之一大關鍵也。是故君子欲觀其體勢，以見其生靈，而驗其必經之階級。

劉班詩賦爲一略，而章實齋定屈原陸賈荀卿爲三家之學，蓋屈原言情，孫卿效物，陸賈賦不可見，而首發奇采賦孟春而選典誥，其辯之富矣，且其屬有朱建嚴助朱買臣諸家，蓋縱橫之變也。是雖不足賅漢文之全，而已足定漢賦之式，不然，昭明文選，彙聚類分，亦自以爲略其蕪薉，集其菁英矣，而按其目，凡十五類，首京都，次郊祀，次耕耤，次畋獵，次紀行，次遊覽，次宮殿，次江海，次物色，次鳥獸，次志，次哀傷，次論文，次音樂，次情，苦心分明，而論者猶病其煩濫，至淸代陳元龍歷代賦彙，緣其舊例，擴其用途，則更加煩瑣焉，編次一百四十卷爲正集，分天象歲時地理等凡三十類，復編次二十卷爲外集，分言志懷思行旅等凡八類，附之正集之後，其名目愈繁，其條例亦愈紊矣，實齋文史通義詩教篇曰，文選者，詞章之圭臬，集部之準繩，而殽亂蕪薉，不可殫詰，文選猶然，則較文選而煩且濫者，又何論焉，且其所分類者，仍拘拘於形貌，而於一代文化之所關無與焉。

夫漢廷之賦，實非泛作，一代所裒匯爲大觀，蕭統文選序曰，古詩之體，今則全取賦名，荀宋表之於前，賈馬繼之於後，自茲以降，源流實繁，述邑居則有憑虛亡是之作，戒畋遊則有長揚羽獵之制，若其紀一事，詠一物，風雲草木之興，魚蟲禽獸之流，推而廣之，不可勝載矣，考漢賦之發達如此，而考其承用之流別，正不可不知其漸，夫文選之興，蓋依乎摯虞文章流別，謂之總集，隋書經籍志曰，總集者，以建安之後，詞賦轉繁，衆家之集，日以孳廣，晉代摯虞苦覽者之勞倦，於是芟翦繁蕪，自詩賦下各爲條貫，合而編之，謂之流別，今以建安爲斷代，則建安以前之賦，檢校舊文，遺佚泰半，即其所未遺佚者，條而貫之，則仍不外乎劉略之所次，曰，問答形勢之談，肇自縱橫，麗詞散行之制，原於屈宋，觀物約義之作，本之荀卿是也。茲編本此以究其發達之緣，并附識其變遷之故，庶於兩漢之詞賦，亦可得其大凡矣。